いつもそこには俺がいる

I'm always there.

綺月 陣
JIN KIZUKI presents

ガッシュ文庫
KAIOHSHA

イラスト／周防佑未

CONTENTS

いつもそこには俺がいる …… 5
いつもお前に恋してる …… 107
いつも世間は大混戦 …… 179
あとがき　綺月 陣 …… 241

本作品の内容はすべてフィクションです。
実在の人物・地名・団体・事件などとは一切関係ありません。

いつもそこには俺がいる

『それでは御来賓の皆様を代表いたしまして、お二方よりご祝辞を頂戴します』

司会者の前置きに、斜め前の円卓がガタッと揺れた。山田《やまだ》部長が天板に膝をぶつけたようだ。かなり緊張していると見た。

『まずは新郎側より、新郎お勤め先の上司、株式会社伝通《でんつう》、マーケティング局クリエイティブ部門担当部長、山田栄吉《えいきち》様に…』

披露宴会場に名前が響き渡ると同時に、部長の頭頂部がピカッと光った。天井を覆い尽くす豪華なシャンデリアが、極度に薄い部長の頭に反射して、参列者たちの目を射る。

隣席の同僚・鈴木《すずき》が「部長、眩《まぶ》しいっす」と、わざわざ声にするものだから、倫章《りんしょう》は笑いを嚙《か》み殺すのに苦労した。

黒服に促され、部長が慌てて腰を上げる。せわしなくハンカチで顔の汗を拭いながらマイクの前に辿《たど》り着き、会場を見渡して口を開いた。

「あー、えー…」

そこで一旦咳払《せきばら》いし、再び口を開くかと思いきや、ポケットチーフを引っ張り出して、なんとメガネを拭き始めた。どうやら汗で曇ったらしい。

倫章は即座に目を閉じ、視覚情報を遮断した。まともに見たら噴き出してしまう。どうして人間は静かな場所や緊張感漂う場面で、無性に笑いたくなるのだろう。落ち着け…と自分に言い聞かせる隣では、忍耐力も遠慮もない同僚の鈴木が、おもしれ～と腹を抱えて笑い転げているのだから困ったものだ。

やっとのことで、山田部長の祝辞が始まった。始まってしまえば物腰柔らかで流暢《りゅうちょう》なスピーチだ。聞き慣れた部長の声に、ようやく倫章は安堵《あんど》して目を開いた…のだが。

気分が一気に降下した。最も視界に入れたくない人間を、まともに見てしまったから。

正面に臨む高砂席《たかさご》、真正面の主役ふたり…のうちの、左側。媒酌人より頭ひとつ高い位置にある顔は、今日も凛々《りり》しく端正で隙がない。一般社会では年若い部類に入るだろう二十七才でありながら、風格と威厳に満ちた新郎・真崎史彦《まさきふみひこ》が、ポーカーフェイスで座っていた。

タキシードの胸元に胡蝶蘭《こちょうらん》のブートニアを飾ったその美丈夫は、部長のスピーチに感銘を受けているような顔をしてはいるが、間違いなく右から左へ聞き流していると見た。

そういう男だ。真崎史彦という野郎は。

人の話なんて聞いちゃいない。全然、まったく、これっぽっちも。

結婚披露宴などには参列しないと、倫章が真剣に必死に懸命に訴えても、耳を貸そうともしなかった。それどころか、当然の顔で命じたのだ。「新郎側の受付は、お前がやれ、水澤《みずさわ》倫章。俺の顔に泥を塗るなよ、水澤倫章。上司の接待も怠《おこた》るな。真崎家の親が行き届かない点も、お前がしっかりカバーしろ。わかったな？　水澤倫章」と。

その念押し……ではなく脅しは、倫章が首を縦に振るまで続いた。

断っておくが、倫章は真崎の兄弟でもなければ親族でもない。高校、大学、就職先がたまたま同じというだけの、まったくの赤の他人だ。もっと言わせてもらうなら、貴重な日曜を潰して、ご祝儀持参で「参列してやって」いる招待客のひとりなのだ。

あの野郎、人をなんだと思ってやがる……。

心の叫びを溜息に変えて吐き出したら、隣席から咳払いを食らってしまった。

「溜息じゃなくて、ここは拍手だろ」

鈴木に言われて意識を戻すと、すでに新郎側の主賓のスピーチは終わっていて、山田部長が席へ戻るところだった。

着席間際、山田部長がこちらを向いて微笑んだ。慌てて会釈を返したものの、微笑まれた理由がわからない。倫章が戸惑っていると、今度は鈴木に溜息をつかれた。

「さすが部下思いの山田部長だよなぁ。真崎に絡めて、俺たち同期のことも…とくに水澤倫章とのコンビネーションが生み出した業績の数々を、素晴らしい友人諸君に恵まれた果報者なんて言葉で紹介して、周囲を持ち上げてくれるんだもんなぁ。あー、ほんと、いいスピーチだったなぁ。感動したなぁ」

厭味《いやみ》をたっぷり交えつつ、しかしスピーチの内容をかいつまんで説明してくれた鈴木の配慮に、恥じ入りながら感謝した。そういえば真崎からも、上司の接待を怠るなと強く命じられていたんだった。あとで部長にお酌しがてら、お礼を伝えなくては。

『続きまして、新婦側の御来賓を代表しまして、新婦・頼子《よりこ》様のお勤め先上司、ネイチャー航空国際線、元パイロットでいらっしゃいます…』

司会者の指名を受けて、今度は斜め右前方の円卓から、ゆらりと巨漢が立ち上がる。ちょうど視界の間に座っている島村《しまむら》課長が、肩を震わせるのが目に入った。倫章は急いで目を閉じ、いまにも迫り上がってくる「つられ笑い」を必死で消した。たったいま、きちんと聞こうと反省したばかりなのに、あの巨体が飛行機の操縦席にいる図を想像するだけで、可笑《おか》しくて可笑しくてたまらない。

「元パイロットなら、引退後に太ったんだろうぜ。だってよ、あれじゃ、どう見ても…」

「積載量オーバー」

鈴木の言葉を予測して返したら、プーッと噴き出されてしまった。笑っちゃいけないと思うほど、笑いたくなるのが人間の性だ。だけどもっと笑えるのは、こんな場所で、脳天気にもケタケタ笑って、友達面して座っている自分。

自覚と同時に笑みは引っ込み、代わりに不快が押し寄せてきた。どうも今日は情緒不安定だ。披露宴がスタートして十五分も経っていないのに、早く終われ、もう帰りたい、横になって休みたい……と、そんなことばかり考えてしまう。

余計なことなど遮断して、まっすぐ前を見て座っていればいいだけなのに、それが出来ない。理由は明解だ。倫章の視界のど真ん中の真正面に、諸悪の根源が鎮座しているから。

さきほど受付を担当しながら確認した席次表によれば、テーブルは全部で十五卓。宴会の規模としては並だが、問題は席の配置にあった。

結婚披露宴での席の配列は、新郎新婦の勤務する会社の上司や学生時代の恩師が最前列を占め、会場半ばに両人の学生時代の友人知人、そして末席へ行くに従い、両家の親類縁者を配するのが一般的とされている。

左右斜め前方に上司らの円卓を臨む、この高砂の真正面席は、間違いなくスペシャル・プラチナ・プレミアム・シートと言えるだろう。だが、新郎新婦の姿を見たくない倫章にとっては拷問に等しい。

確かに勤務先は同じだ。部署も同じで上司も同じ。よって、前列ど真ん中でも不自然ではない。だが、せめて後ろ向きとか横向きとか、別の選択肢もあったはずだ。それなのに、わざわざ「特等席」に倫章を座らせるのだから、やっぱり真崎は筋金入りのサディストだ。

目の前には、美しく磨かれたカトラリーが並んでいる。このピカピカのナイフやフォークを真崎めがけて手当たり次第に投げつけたら、きっと爽快《そうかい》に違いない。

投げたナイフが、プスプスと真崎の顔に突き刺さる妄想に酔っていたとき。

一番コミュニケーションを取りたくない男が、ふっと微笑んだ。ドキリとして目を瞠《みは》ると、その目は間違いなくこちらを見ている…！

その微笑みの意味を想像するだけで、悔しさと怒りと、声高に抵抗できない自分への不《ふ》甲斐《がい》なさがフツフツと湧く。

「くそ…っ」

漏《も》れてしまった苛立ちを、倫章は慌てて呑《の》み込んだ。鈴木がこちらをチラリと見たけれど、欠伸《あくび》を嚙み殺すふりで誤魔化した。

泳がせた目を、それでも勇気を出して前方に据えると、真崎は、まだこちらを見ていた。だから倫章は目で訴えた。「いまにバチが当たるぜ」と。それを受けて、真崎が不敵な笑みを浮かべる。「当たるものなら、なんだって歓迎するさ」と。

その勝ち誇った顔を後悔の色に染めてやりたいが、言葉で真崎に勝てた試しはない。昔からそうだ。なにをやっても敵わない。勉強もスポーツも、世渡りも…恋愛も。

これでも倫章は高校生のころ、アイドル級の美少年と噂《うわさ》され、女子たちに騒がれた。大学時代も相変わらずチヤホヤされた。合コンに行けば、毎回のようにメアドの交換を迫られた。

鬱陶《うっとう》しいほど、よくモテた。……けど、それは全部、真崎の次。

女子たちにとって真崎史彦の「カノジョ」の席を射止めることは、競争率百倍の企業から内定をもらうより困難で、真崎に近づくには親友を墜とすべしという、打算の上で成り立っていたモテ期でもあった。

とにかく真崎は、腹が立つほどかっこいい。一体なにをどうしたら、こんな完璧な男が創られるのかと首を捻《ひね》ってしまうほど、魅力に溢《あふ》れた容姿をしている。…いや、見た目だけじゃない。競泳選手だった時期もありながら剣道の有段者でもあり、大学時代はハーバードに短期留学していた経験もある。文武両道を極めているから、尚のこと腹が立つのだ。

長い手足に広い肩幅。堂々と張った厚い胸、強く美しい鞣革《なめしがわ》のような肌。女子曰《いわ》く、見つめられるだけで心臓が止まるという強い眼光。正確な配分にくっきりと影を引く、日本人離れした美しい鼻筋。天は二物を与えずという言葉を真っ向から否定するかのような、無敵の容姿と才覚を備えた完全無欠男が、実際に、ここにいるのだ。

街ですれ違う女性のほとんどが真崎史彦を二度見するのは、強靭《きょうじん》な雄を求める雌の性だと理解したとき、倫章は果てしなく落ち込んだ。なぜならそれは、努力で得られる類の魅力ではないから。だからこそ、必死になって探して探して探しまくって、本当にわずか一点、真崎の「粗《あら》」を発見したときは狂喜した。

その「粗」とは、皮肉しか似合わない薄い唇。悪さをしようと企む、あの薄笑い。あれだけは誉めるに値しない。無造作に前髪を掻《か》き上げて、ニヤリと片頬だけ歪《ゆが》めるあの微笑は、加虐的で……ゾクリとする。

「…………っ」

ハッとして、倫章は目を瞬いた。無意味にもぞもぞと腰を動かし、姿勢を直す。一体なにを考えているんだ…と自分を叱咤《しった》するものの、思い出してしまった感覚は、簡単には消えてくれない。

新郎新婦が披露宴会場に入場してきたときも、そうだった。割れんばかりの拍手の中、倫章は全身の震えを自覚して焦燥したのだ。

純白のウエディングドレスの花嫁よりも、その花嫁をエスコートする凛々しいタキシード姿の男に、目を奪われて。

やられたと、思った。来るんじゃなかったと後悔した。その威風堂々な艶姿に、完全に打ちのめされてしまった。あのとき、さっさと席を立って帰るべきだったのだ。いつにも増して光り輝く真崎の姿に度肝を抜かれ、腰を抜かしてさえいなければ。

日本最強の人気を誇るテーマパーク隣接の、オフィシャルホテルの華やかな結婚披露宴会場。

倫章にとって、ここは一生涯立ち入り禁止の鬼門になりそうだ。

「ベイエリアよ、永遠にさようなら……ってか」

なんか言ったか？　と鈴木に顔を覗《のぞ》き込まれて、別に、と倫章は肩を竦《すく》めた。

『ありがとうございました。それではここで皆様には、史彦様と頼子様の、最高の笑顔をご覧いただきましょう！』

司会者のアナウンスに、倫章はゲンナリしてしまった。なにが最高の笑顔だ。たかが担当司会者が、真崎の最高の笑顔を知っているはずもない。

だが、花嫁は知っているのだ。真崎の最高の微笑も、あの瞬間の、恍惚《こうこつ》の表情も。

倫章は腿《もも》の上で拳を固めた。手が汗ばんでいる。少し会場が暑すぎやしないか？　それともネクタイがきついのか。頭を冷やしに外へ出たい。外で浜風に当たりたい。

『おふたり仲良く、ウエディングケーキにナイフを入れていただきます！　カメラをお持ちの皆様、どうぞご遠慮なく前のほうへ…』

司会者の誘導が終わらないうちに、同僚も友人も、待ってましたと席を立つ。まるで砂糖に群がるアリだ。

「おい、水澤！　水澤倫章！」

いきなり肩を摑《つか》まれた。不快も露わに顔を上げると、鈴木が眉を寄せて言った。

「写真、撮らなくていいのかよ」

見れば、天まで聳《そび》えるウエディングケーキの周りは、すでに即席カメラマンで埋めつくされている。おかげで新郎新婦の全景が見えない。ありがたいことだ。

「カメラ持ってきてねーもん、俺」

「スマホがあるだろ」

「バッテリー切れた」

「はぁ？　お前、親友の晴れ舞台だろ？　なにやってんだよ」

バカだなぁ…とブツブツ言いながら、鈴木がアリの黒山に分け入っていく。

鈴木の目的は、現役CAの高橋《たかはし》頼子嬢だ。アジアンビューティーな頼子さんは、鈴木の好みのド・ストライク。キャンパス・クイーンの経歴を持つ頼子さんを堂々と至近距離から撮影できるチャンスなのだから、張りきる理由はよくわかる。

『ウエディングケーキ入刀です！　おめでとうございます！』

斜め前の円卓では、島村課長が水ばかり飲んでいる。そういえば次は乾杯だ。乾杯の音頭をとるのは、島村課長の役目だった。山田部長の緊張が伝染したらしい。

『スイート・ホームの誕生に、いま一度大きな拍手をお贈りくださいませ！』

高らかに響く音楽、瞬くフラッシュ、盛大な拍手、光、花、笑み、笑み、笑み。

一斉にシャッターを切る音は、無数の渡り鳥が飛び立つような清々しさがあった。ドロドロしたこの感情も、ついでに遠くへ運んでほしい。体ごと、遥か彼方へ。

笑ってるのか？　真崎。

お前のことだ。ゲストを喜ばせるためなら、どんな演技でもしてみせるだろう。誰もが惚れるイケメンだもんな。最高の笑顔ってやつで、来賓を楽しませてやれ。

でも……真崎。なにやってんだよ、お前。

そんなとこで、一体なにをしているんだ。

本当にこれでよかったのか？　それでお前は満足なのか？

なあ、真崎。

『それでは乾杯のご発声は、この方にお願い致しましょう。新郎様お勤め先の上司……』

右手と右脚、左手と左脚が一緒に出ている。肝の小さい島村課長にまで、こんな気苦労をかけて。

ばかやろう。

「え……えと、あ、あいっ、わたた、私、ごっ、ご指名でございますので、え、えと、あ、ご一緒に、ごっ、ご唱和をおね、お願い、えー、お願い致したいところでっ！」

真崎の、バカヤロウ。

「か、乾パイィッ！」

マサキフミヒコの、オオバカヤロー……———————。

◆◆◆

「来いよ」

「いやだ」

「来い」

「い、や、だ」

「駄々をこねるな。披露宴は明日なんだ」

「だから俺は欠席だって、最初っから言ってるじゃないか！」

「強情なヤツだな」

「お前にだけは、言われたくない！」

倫章がどんなに拒否しても、真崎の薄笑いは止まらない。こんな格好では、それも仕方ないと言えるのだが。

明日…いや、もう今日になってしまった。枕元のデジタル時計は十二時を一分過ぎたところだ。

ここは賃貸マンションの一室、倫章の部屋だ。状況を詳しく説明するなら、現在真崎と倫章は2DKの寝室の、セミダブルベッドの上にいる。倫章はそこで仰向けになり…ではなく、させられ、隠すものもなく脚を開いて…ではなく、開かされ、ついでに恥ずかしい場所までグランドオープンさせられている。

倫章をそんなふうに戒めている張本人は、もちろん真崎史彦しかあり得ない。

真崎の厚い胸板が、目の前に立ちはだかっている。腰を入れられるたび、倫章はずり上がって逃げようとするのだが、力強い腕はそれを決して許してはくれず、逆に倫章をベッドへ固定してしまうのだ。

逞《たくま》しい肩に倫章の脚を担いだまま、真崎がスライドを大きくした。

「あう……！」

声を放つたび、真崎の馬並みの性欲に馬力がかかる。声を出したら真崎を喜ばせるだけだとわかっている。わかっているのに、この突き上げには敵わない。

「んぅ、うっ、うっ、んぅ…！」

出したり入れたりされるたびに、下腹部の形状が変化する。この行為によってもたらされる「なにか」を、過去に言葉でうまく説明できた試しがない。気持ちがいいとか、体が溶けてしまいそうだとか、そんな語彙では到底足りない。

男同士で、なにをしているんだと思わないわけではないが、スイッチが入るとダメだった。なし崩しに体を求め合うことに慣れきってしまっていた。

「来い、倫章」

シーツを何度も摑み直し、倫章は歯を食いしばった。このまま真崎の思惑どおりに頷《うなず》くことだけは、なんとしても避けたい。たとえ悪あがきでも、今回ばかりは白旗を揚げるわけにはいかなかった。

「来い。わかったな?」

「……っ」

「返事は?」

胸の突起をつまみながら訊《き》かれて、倫章はたまらず身を捩《よじ》った。

「い……、いや…っ」

「いやだと？　どのツラ下げて嘘《うそ》をつく」

真崎がニヤリと唇を曲げ、腰を振る。刺激に負けて仰け反りながら、倫章は本気で懇願した。

「だから、俺、ホントに明日は……行かないから…っ」

と言っても、諦めてくれるような男ではないとわかっている。倫章が嫌がれば嫌がるほど、真崎の攻撃は執拗さを増し、無駄な抵抗を思い知らされるばかりだった。

「お前が言うべきセリフは、それじゃない」

腰を大胆に使いながら、真崎が楽しげに言葉で攻撃をしかけてくる。

「明日は喜んで出席させていただきます。だろう？　倫章」

「どうして俺が、喜ばなきゃ、いけないん、だ……っ」

抉《えぐ》られながらも、倫章は懸命に応戦した。だが目の前のサディストは、戦う倫章こそが獲物《えもの》……


ご馳走《ちそう》なのだ。意地を張る倫章を前にして、真崎のサディストぶりが加速する。

「親友が結婚するんだぜ？　喜ばしいじゃないか」

「お前なんか、親友じゃないっ！」

「……いまだに日本語を正しく使えないようだな、水澤倫章」

言いながら、真崎が腰をゆったり掬《すく》い上げた。

「ひ……っ！」

「親友ならではの特典だ。喜んで貪《むさぼ》れ」

「これの、どこが、特典だ…っ」

「特典以外のなんだと言うんだ。この快感は、お前だけが味わえる贅沢《ぜいたく》だ。何年もの間、お前はこの特典を受けてきたんだ。……どうだ、気持ちいいだろう?」

何年も…と、改めて言われて気がついた。真崎とは高校の入学式で意気投合して、高三の夏にはこんな関係に転じていた。ということは、もしかして十年目?

「ゲッ!」

その事実に驚いて、反射的に締めつけてしまった。ウッと真崎が息を詰める。とっさに尻を摑まれて、倫章も真崎の腕を摑んだ。

「くぅ……っ!」

「倫、力を抜け」

「ぬ……抜きたい、けど、な…なんか、勝手に締まっちゃって……っ」

「だったら、ゆっくり深呼吸しろ」

真崎のアドバイスに従いたくても、思うように肺が膨らまない。苦しくてきつくて、汗が一気に噴き出した。苦しいのか、真崎も倫章の肩に顔を埋め、息を整えようとしている。

「頼む、真崎。も…、もう無理。俺、限界…っ」

「だから、弛《ゆる》めろ」

真崎は真崎で、締まりすぎて動けないらしい。いっそ…と、真崎が声を落とした。

「合体したまま披露宴に行くか？　俺は構わないぜ」

「そっ、それだけは…」

勘弁してくれと懇願したが最後、男と男の戦いは、弱気を見せたほうが敗者となる。

「先にいけ、倫」

「わかっ、た…っ」

敗北宣言と同時に唇を合わせた。乱暴な舌にも従順に応じ、股間を嬲《なぶ》る右手を許し、倫章は全力で受け手に回った。

受け手一辺倒のプレイは、まるで自分が女扱いされているようで、嬉《うれ》しくない。なによりも男として癪《しゃく》だ。可能な限り同時に達し、それが出来てこその対等な関係だと、倫章は自分なりのプライドを持っている。だが、合体参列を免れるためなら仕方がない。

プライドを捨て、すべてを真崎の手に委ねた。こめかみ、耳の下、首筋を這《は》い回る熱い舌の感覚に酔いしれ、乳首を撫《な》でる指に恍惚とし、同時に複数のポイントを嬲られる快感に身を火照らせているうちに、次第に全身の強ばりが薄れ、弛みが生じてきた。

「良くなって……きた、かも」

「…のようだな。これなら動ける」

気がつけば、心地よいリズムで穿《うが》たれていた。すっかり体に馴染《なじ》んでいる甘い痺《しび》れと高揚感も、いい具合に押し寄せている。絶頂は、すぐ目の前だ。

「もう、イく…」

うっとりと目を閉じ、射精の心地よさに体を捧《ささ》げようとした直後。

「さ、止《や》めるか」

ふいに真崎が抜いたから、倫章は目を剥いてしまった。あと数秒で達するはずだったそこが、後押しを失ってひくんひくんと震えている。

「な、なんでっ！」

最後までやれよ！　と抗議すると、フンと鼻で嗤《わら》われた。

「薄情者を喜ばせるほど、俺が優しい男に見えるか？」

「見えないよ！　見えないけど、この状態で放置するなよっ！」

と涙ながらに訴えると、「参列するなら、最後まで面倒を見てやってもいい」と威張られてしまった。

「お前、サイテー！」

「なんとでも言え。で、どうするんだ。欠席か？　それとも…」

倫章は歯を食いしばった。足を閉じてベッドから降り、パンツを穿く……なら欠席だ。

だが、やる気満々のこの下半身をどうしてくれよう。

倫章は足を開いたまま、ぷいっと顔を背けた。参列決定と笑われたのが、無性に悔しい。

では改めて…と、真崎が腰を入れ直し、待ち構えるそこに先端を押し当てた。

倫章は真崎の首にしがみついた。そこからはもう、駆け引きなど一切無し。真崎はいつものように力強く、真っ直ぐ一気に押し込んできた。

「あ…――――!!」

呑み込まされた瞬間に、倫章は噴き上げていた。

全力で腰を叩《たた》きつけられ、激しい摩擦に身を捩った。陸揚げされた魚のように体が跳ねる。

このまま失神してしまいそうだ。それでも真崎は容赦ない。倫章が二度目を放っても、打ち止めの気配は見られなかった。

「明日絶対に逃げるなよ。逃げたらどうなるか、わかってるだろうな? 倫章」

押し込まれながら脅されて、もはや倫章は頷くしかなかった。どこへ、でも、行く、から、だから、もう、許し、て……と。

「でも、その前に、天国にいかせて……っ」

オーケーと真崎がニヤついた。

受け止めきれなかった性交の名残が、後ろからドロリと伝う。それを真崎は、いつもティッシュで丁寧に始末してくれる。

こんな生々しい後片付けは、女相手には絶対しないと真崎は言う。要するに倫章に対しては、「拭いてやっているのだから、ありがたく思え」と、恩を着せているわけだ。横柄な態度は気にくわないが、拭き掃除終了の合図に、そっとそこにキスされるのは嫌いじゃない。このときばかりは、自分が優位に立てたような気がする。

ご苦労様の代わりに、倫章は真崎にベッドの半分を空けてやった。あと十時間で結婚披露宴本番だというのに、どうやら真崎は、このまま泊まっていくようだから。

婚礼前夜に最後のセックスをして、ベッドから背中を見送るなんて、考えてみればドラマティックな最終回だ。

当然のように差し出された真崎の腕枕を、いつものように肘で折り曲げ、引き寄せて胸に抱え込み、真崎に背中を向けて眼を閉じる。慣れ親しんだこの体勢が一番落ち着く。

倫…と、頭の後ろで声が響いた。

「なに?」

目を閉じたまま返すと、自分の声が真崎の腕に響いて、耳の奥がかすかに震えた。

「さっきの『ゲッ』は、どういう意味だ?」

「さっきの…って、…あぁ」

思い出して、倫章はプッと噴いた。

「十五の春に出会ってさ、お互い二十七かって。真崎も老けるはずだよなって思ってさ」

「…最中に、なにを考えているんだ。お前は」

真崎の声に微笑みが混じっていたのは、一瞬にして時間を遡ったからに違いない。高校、大学、就職先まで同じだなんて、こんな腐れ縁は滅多にない。ふたりが思いを馳《は》せる懐かしの光景は、たぶん、とてもよく似ている。

「じゃあ今年は肉体関係十周年か。スウィートテン・ダイヤモンドでも買ってやろうか」

「速攻で換金してやる」

肉体関係。言葉にすれば、たった四文字。

四文字では納まらないような目にもあった。いろんな葛藤もあった。だが結果的には、思春期の性の捌《は》け口として、互いが互いにお世話になったという、感謝にも似た感情が倫章の心には芽生えている。真崎は、そんなふうに捉えてはいないかもしれないけど。

どちらにしろ、今夜で最後だ。いままでお世話になりました。腐れ縁、これにて完結。

もともと倫章は、真崎との関係を続けるための努力をしていない。勤務先が同じで、当分どちらも転職予定ナシ。悪くすれば定年まで顔をつき合わせるかもしれないという、恐ろしいほどに太い絆《きずな》がこの身に巻きついているのだから、もはや自分の力でどうにかできるような関係ではないのだ。

ずっと流れに任せてきた。いいとか悪いとか、常識とか、全部後回しだった。

真崎だって同じだろう。

そして、それではマズイと気づいたのだ、きっと。

でなければ、あの真崎が、結婚などという道を選択するわけがない。


ことの起こりは十年前だった。

高校最後の夏休みの、やけに湿度が高い酷暑の午後。

真崎の両親の海外旅行中に、真崎の家に悪友ばかりが集まって開いた、受験勉強追いこみ会なる肩書きの、AV鑑賞会。

倫章も真崎も、そのころすでに童貞から卒業して、つき合っている彼女もいた。だからAV女優の過剰な演技を、経験者ふたりは冷やかし半分で楽しめても、童貞の他三人は、そういうわけにはいかなかった。

一作目が終わったあと、童貞トリオは目を真っ赤にして、恨めしそうに声を揃《そろ》えた。

「こんなすげーことしてんの？　お前ら」

こんな激しいこと、するわけないじゃん…と倫章が弁解するより早く、真崎がクールに切り捨てた。「悔しかったら童貞捨てな」と。

三作ほど連続で鑑賞したあと、童貞チームがわかりやすい行動に出た。先を争うように帰り支度を始めたのだ。言うに事欠いて、なんと全員が「用事を思い出した」と。そしてサーッと散ってしまい、部屋には真崎と倫章のふたりが残された。

「なんだ？　観せてくれってついてきたの、あいつらなのに」

「放っといてやれ。一刻も早く抜きたいんだろう」

「抜……っ」

具体的すぎる言葉に、顔が火照《ほて》った。童貞トリオたちが自慰に勤しむ姿を想像しかけて……慌てて倫章は頭を振った。おぞましいことこの上ない。

だが、じつはこのとき倫章も、帰るタイミングを計ってはいたのだ。

AVを観ながら自分の彼女を想像するのは、失礼だとわかっている。でも、とても会いたいと思ってしまった。させてくれるかどうかは別として。交渉は、もちろん全力でしてみるけれど。

「じゃ、俺も…」

帰るな、と言いかけた倫章の肘を、なぜか真崎がそっと摑んだ。

「もう一作、観ようぜ」

え？　と倫章は眉を寄せた。せっかくの提案だけど、正直気乗りはしない。いまなら母親はパート先だ。彼女を部屋に呼び出すなら、チャンスはこの数時間しかなかった。

いつも真崎は、倫章が「帰る」と言えば、引き止めない。そういう面倒くさいこととは縁のない男だと思っていたのに。

この日にかぎって、真崎はやけに執拗だった。

「国内では入手不可能な、無修正版を手に入れたんだ」

倫章はゴクリと生唾を飲んだ。無修正……無修正。思春期の青少年にとって、これほど甘美なワードはない。

「モロに映ってる、ってこと?」

「そんなレベルじゃない。カメラアングルがマニアックすぎて、所有を公言出来ないほどアブノーマルで……危険な作品だ」

そんなふうに言われて、興味の湧かない十七才はいないと思う。

「本音を言えば、今日のメインディッシュは…」

ここからなんだよ…という巧みな誘惑に、倫章はあっさり負けてしまった。

真崎の部屋でふたりきりになるのは、珍しいことではなかった。

もともと真崎の部屋…と言うより家は、真崎家の広大な敷地内に独立して建っているため、親の干渉をほとんど受けない。よって倫章は、定期試験前などは真崎の部屋に泊まり込みで、朝まで猛勉強ということもある。

賃貸マンション暮らしの水澤家では比較の対象にもならないが、真崎の父親は大会社の代表を務めている。資産家のうえに実業家で、筋金入りの富豪だった。息子の高校進学のお祝いに「離れの一戸建て」をプレゼントしてしまうほど、独特の感性と価値観で物事が回っている家庭だった。

そういう特殊な環境だからこそ、人を畏れることを知らない、唯我独尊で天下無敵の十七才が育ってしまったのだろう。

だから倫章は、部屋の電気を消されても、未成年のくせにウイスキーを用意されても、まったく疑問を抱かなかった。真崎のやることにミスはないという高一からの刷り込みが、危機管理能力をゼロレベルにまで下げていたとしか思えない。

真崎がベッドの片側を空けるようにして座った。倫章はごく自然に、その位置に納まった。あとから考えれば、これも真崎の巧みな誘導だったのだろう。

無言でグラスを渡され、なにも考えずウイスキーを舐《な》めた。ほんの少し舌に触れただけなのに、カーッと喉まで熱くなった。

「これ、きつい」

眉を寄せて真崎に返すと、少し笑われたような気がした。部屋が薄暗くて、よく見えなかったけれど。

真崎がディスクをスタートさせた。どんなにすごい映像を拝めるのかと鼓動を逸らせながら、倫章は始まった映像に目を凝らした。

舞台はヨーロッパのどこかだろう。タイトル文字も、それっぽい。

「このBGM、シャンソン？」

「よくわかったな」

「選択教科の音楽で、ついこの間、習った気がする」

そんな他愛のない話をしていたら、少しスモーキーな画面に、最初に男が姿を見せた。男が窓を閉め、シャツのボタンを外しながら壁際のベッドへ赴き、そこで横たわる人の爪先から膝、腿《もも》までを優しく撫で上げる。なにか話しているものの、会話の内容は外国語だから理解できない。

「字幕ないの？」

「…本番が始まれば、言葉なんてどうでもよくなる」

それもそうだ…と頷いて、再びモニターに集中した。男の手が、横たわる人の足の中心に差し込まれる。そこで初めて、ベッドの全景が映されて……。

「…――え？」

ぽかんとして、倫章は何度も瞬きした。

自分と彼女とのセックスに置き換える気満々で、スタンバイしていたのだが。

俳優を彼女に切り替えられない。なぜなら…。

「こっちも、男？」

ということは、近づいていったほうが女？　いや、違う。髭《ひげ》がびっしり生えている。間違いなく男だ。でも、ベッドで誘っている人間も、美人だけど男にしか見えない。だって、まず胸がないし、喉仏が異様にデカい。

たくましい肉体の男たちが、ベッドの上で体を重ねた。ふたりの左手に光る指輪がアップになり、男たちがそれを外してサイドテーブルに置いた。ということは、それぞれ妻のいる身でありながら、同性を愛してしまった…というストーリーだろうかと想像を膨らませつつも、倫章は何度も首を捻ってしまった。

それでも次第に、その映像の世界観に引き込まれていく。

彼らの愛し方は、童貞トリオと一緒に観ていたAVとはずいぶん趣が異なり、対等に快楽を分け合い、本心を世間に隠して生きるお互いを守っているような気さえした。

全国の童貞団体から抗議を受けてしまいそうだが、敢えて弁明しておこう。倫章は十七才でありながら、性処理に不自由はしていない。セックスもスポーツの一環と考えて、コンスタントにこなしている。顔は童顔でも、その方面はしっかり経験済みなのだ。

だが、悲しいかな。いままでつき合ったどの女の子も変わり映えがしなかった。学校の制服と同じで、不思議なほど全員がシンクロしていた。

どういうことかと言うと、いざセックスに及ぶ段になって、決まって女の子たちは自分からベッドに横になり、目を閉じて、胸を隠して黙って待つのだ。そういうマニュアル本でもあるのだろうかと首を傾げてしまうほど、同じ手順の同じ行動をとられていた。

さらに遡り、倫章の童貞喪失は高校一年の冬のこと。

白状すると、その初体験は、当時既にムケていた真崎のアドバイスを忠実に実践しただけだった。それが、もののみごとに上手くいき、その成功体験以来、倫章はどんな些細《ささい》なことでも真崎に相談するようになっていた。

倫章がどういうシチュエーションに弱く、女の子のどんな仕草にときめいて、どんなセックスをしてみたいのか。自分のウィークポイントまでも、すべて真崎に教えているようなものだった。

要するに真崎は、倫章の性の構築や遍歴や嗜好《しこう》を熟知している唯一の人間だったのだ。だから倫章はそのときも、初めて見るゲイの性行為でさえ、真崎の推薦なら楽しいはずだと頭から信じ、微塵《みじん》も疑いを抱かなかった。

顎髭の俳優が、グラスに入ったウイスキーを口に含んだ。そのまま美人の肩を抱き、口移しで呑ませるシーンに、図らずも鼓動を乱してしまった。

そのときだった。倫章の右肩が重みを増した。真崎が腕を回したのだ。

映像と同じタイミングで、同じように肩を抱かれて、無反応でいられるわけがない。

真崎の真意がわからず見上げると、真崎も倫章を見つめていた。

見慣れたはずの親友の目は、いつもと少し違って見えた。どこがどう違うのかを探ろうとしている間に、その顔が、どうしたことかゆっくりと覆い被さってきて……。

気がつけば唇に、真崎の熱さを受け止めていた。

口移しのウイスキーが、喉を焼く。

自分の身になにが起きているのか、倫章はまだ理解できずにいた。ただ目を見開き、動かずにいるのが精一杯だった。

いったん離れた真崎の顔が、再び覆い被さって来て、先程よりもたくさんの量の濃い液体が唇を割った。喉を焼くそれをゴクリと呑み込んだとき、低く掠《かす》れた声が倫章の鼓膜を愛撫《あいぶ》した。

「同じこと、しようぜ」

どういう意味だ……と問い返す余裕も発想もなかった。そんな隙、真崎が与えてくれるはずもない。

体重を移動させてきた真崎の肩越しに、倫章は目でモニター画面に縋《すが》りついた。同じことと言われても、なにをすればいいのか、わからない。もつれあう髭と美人の一挙一動が、いまから起こることの予告だとすれば、まずはそれを知らなければ。

男たちは、まるで二頭の獣のように唇を求め合っている。倫章は真崎に仰向けに倒され、まったく同じようにして唇を犯されていた。信じられないことに、喉に届くかと思うほど深く、舌を押し込まれた。こんなキスは初めてで、苦しい上に恐ろしく、何度も逃れようとした。

「ま……」

　名を呼ぼうとしたら、鋭い声で打ち消された。

「モニターを見ていろ！」

　反射的に、倫章はそうした。真崎に逆らった経験がないために、疑問への対処法がわからない。でも、真崎が間違ったことをするわけない。真崎なんだから……大丈夫だ。

　でも、真崎の呼吸が乱れているのが気に掛かる。こんな余裕のない真崎は初めてだ。いつでも真崎は周囲を上から見下ろし、取り乱すこともなく、どこまでもクールで憎らしいほど大人びているのに。

　その真崎が倫章の髪を何度も梳《す》き、額やこめかみ、頬に無数のキスを浴びせ、体をぐいぐいと押しつけてくる。クールさなど微塵もない。親友の豹変《ひょうへん》が怖くて不安で、倫章は声も出せなかった。

　それに倫章はこの期に及んで、まだ現実を把握できずにいた。真崎が倫章に欲情するなど、ありえない。想像したこともないし、考えたことすらなかったのだから。

　倫章の戸惑いに、真崎は気づいているようだった。だが、やっぱり狡《ずる》い男だ。不安を解消してくれるわけではなく、いつもの強気でねじ伏せてしまう。

「男同士なんて、自分で抜くのと変わらない。帰ったあいつらと同じだ。…だろ？」

　真崎が用意した言い訳を、倫章は無言で呑んでしまった。

俳優たちは、当然のように全裸になった。だから倫章も脱ぐことに抵抗はなかった。どうせ真崎とは一緒に風呂にも入る仲だ。裸になるのを嫌がるほうが、過剰反応のような気さえした。

真崎に服を剥がされたから、倫章も真崎の服を脱がせた。全裸になった倫章の肌を、真崎の両掌が這い回る。首筋から肩、胸から脇、そして前。信じられない部分にまで触れてくる真崎の手は大胆で、熱く、強く、執拗だった。されているばかりじゃいけないような気がして、倫章も懸命に手を動かし、真崎と同じことを同じように返した。

不安だとか、なにか変だとか、もはや分析する冷静さはなかった。真崎に含まされたウイスキーのせいかもしれない。

初めて胸の突起に触れられたときは、あまりの刺激に驚いて、女のように喘《あえ》いでしまった。感じるのか？　と訊かれても言葉にならず、ただ身震いし、電流のような快感が鎮まるのを待つしかなかった。待っている間にも触れられて、その間も倫章はずっと喘いでいたような気がする。

いつの間にか俳優たちは、倫章の未体験の姿勢で攻め合っていた。俗に言うシックスナインだ。興味はあっても試したことはない。いくらなんでも自分の彼女に、あれをお願いする勇気はなかった。それがまさか、こんな形で経験することになるとは。

濡《ぬ》れた温かい真崎の口に包まれて、全身の力が抜けてゆく。

「……………ぁ」

とっさに真崎の髪を摑んだけれど、引き剥がすという行動にまで至れない。腕に力が入らないのだ。良くて……良すぎて、体が溶けてしまいそうな快感が怖くて逃げたくなって、真崎の顔を引き剥がそうとしたけれど、指に力が入らない。

「ぁ、あ…っ」

きつく吸われて腰が浮く。顎がガクガクと震える。耐えきれず、漏れてしまう。

「だ…ダメ、出る…っ」

と訴えても、真崎は離れてくれない。出せと言われても、その勇気がない。

口に放つセックスがあることは、知識としてなら知っている。知っているけど、それを本当にしてしまっていいのだろうか。真崎相手に。

「う、く…っ」

我慢は最後まで保たなかった。倫章は身を震わせて、導かれるままに放出した。

「ううう…――――‼」

泣きたいほどの解放感と罪悪感と恍惚感が、一気に襲いかかる。出したものは、どうなったのか。真崎はそれを、どうしたのか。見るのも訊くのも恐ろしい。倫章はきつく目を閉じ、止まない余波に身を震わせた。

倫章の後ろに触れているのは、真崎の指……ではなく、唇か。舌かもしれない。さっき倫章が出したもので、そこを濡らしているようだ。そんな恥ずかしいことをする意味がわからない。真崎のやることが、もう倫章には理解できない。

あちこち弄られる不安に耐えながら、倫章は必死で頭を働かせた。そうだ、さっき真崎が言ってたじゃないか…と。男同士なんて、ひとりでしていると思えばいいのだ。行為の意味とか、理由とか、理屈で考えようとするから頭が混乱してくるのだ。出したいから出す。それでいいんだ……と、思う。たぶん。自信はないけれど。

真崎へのいつもの性相談が、実習に及んだだけだと、倫章は自分に言い聞かせた。

真崎が再び倫章を含む。だから倫章も、それに倣《なら》って真崎の猛りを頬張ってみた。う…っと真崎が息を詰めたのが、少し嬉しい。自分だって負けていないような気がする。

真崎のものは、想像以上に大きかった。自分以外のものを……自分のものでも、こんなに間近で見ることなんてない。やっぱり真崎は並じゃない。こういう部分も特別だ。

そんなことを考えながら、倫章は口を動かした。太くて逞しい真崎の先端から、ほんの少しだけ精液が漏れる。舌先で舐めてみたけれど、決して苦手な味ではない。むしろ、好ましいとさえ感じた。なんだかとても真崎らしいな…と。

「う……ん…っ」

口に入りきらないものを、それでも倫章は夢中で頬張った。自分もされているのだから、してあげないと不公平な気がして。同じことをするから対等なのだと、なぜか思えて。

いままでは、軽くキスしながら胸に触れて、そっと下着を脱がせたら、静かに優しく挿入して、出したら速やかに抜いてゴムを外し、相手の衣服を直して終わりという手順が定着していた。

だけど真崎とのセックスは、なにが起きるかわからない。その興奮度は計り知れない。自分は経験豊富だと思っていたけど、そうじゃなかった。初めてのことばかりだ。これまで経験してきたセックスとは、比較の対象にもならない。

思い出したように、倫章は視線をモニターへ戻した。さっきまで平等に快楽を分けあっていた俳優たちが、次第に攻める側と受ける側に回っている。興奮で焦点の定まらない視線をぼんやりと泳がせているうちに、倫章はいつしか受ける側とシンクロしていた。……させられていたと言うべきか。

俳優たちの下肢がアップになり、挿入の瞬間が映し出された。挿れられたほうが、嬌声《きょうせい》交じりの絶叫を放つ。その恍惚の表情が数秒先の自分と重なって、いやでも期待に胸が膨らむ。

上から体を重ねるようにして、真崎が腰を密着させてくる。受け手の俳優と同じ体位で、倫章は脚を開いた。互いの性器が触れ合って、異様に鼓動が跳ね回る。

真崎の指が、そこに触れた。倫章を開き、指でほぐし、自分のものを宛がった。

倫章は目を閉じた。訪れる未知の歓びに、嬉々として男を招き入れて――。

視界から、映像が一瞬にして消えた。

なにも聞こえなくなった――のではなく、自分の悲鳴しか聞こえない。

いまさら気づいた。いまさらすぎて滑稽もいいところだ。

「い…痛い、ぁ、あっ、あーっ！」

叫びながら、倫章は覆い被さっている男の背を拳で殴り、左右に激しく頭を振った。

「ひ…っ、い…ぁ、ァ、あぁ…――！」

汗が噴き出し、涙が散る。腰を叩きつけられて、尾てい骨が割れるかと恐怖した。

痛みで思考が散漫になる。目の前には、冗談ではなく無数の星が点滅している。

痛い。痛すぎる。ここは違う。正しくない。そこは、使ってはいけないのだ。あの映像は絶対に嘘だ。ただの演技だ。俳優の演技力に騙《だま》されたのだ！

「やめろ――ッ！」

悲鳴は、やっと意味のある言葉を選んでくれた。瞬時に真崎が動きを止める。

「…痛いのか？」

呆《ほう》けたように訊かれて、「当たり前だ！」と怒鳴り返した。いまさら気づいた間抜けな自分にも憤る。こんな事態に陥るまで、なにを脳天気に構えていたのだろう。

「なにやってんだよ、お前…！　酔っ払ってて、相手が誰だかわかってないだろっ！」

真崎に怒りをぶつけた倫章は、一転して赤面した。

乱れた髪、潤んだ双眸《そうぼう》、上気した頬。熱い息を漏らす唇、美しい筋肉を纏《まと》った肩、汗の流れる厚い胸。

なにもかも、どこもかしこも、男が見ても男惚れしてしまう自慢の親友の、あの超絶美形の真崎史彦の恍惚顔を、まともに目撃してしまったから。その上、相手は……。

「酔う？　誰に向かってものを言ってるんだ、お前は」

「でも……だって…っ」

「俺が酔うわけないだろうが。わかっていて、抱いてるんだ。…倫」

しっかりと填まり込んでいる腰を揺すられて、中で真崎が動いたのがわかった。淡い痺れが全身を駆け巡る。

「あ、あ……っ」

いま自分は親友とキスをし、肌を撫で合い、体を繋《つな》げてしまっているのだ。まるで男と女のように。

「いま俺は、お前の中に入ってるんだぜ？　倫章」

言い含めるように囁《ささや》かれ、背筋が震えた。潤んだ目で目を覗かれ、何度目かになる濃厚なキスをされ、倫章は懸命に正気を取り戻そうとした。でも、考えれば考えるほど頭が混乱する。一体なぜこんな状況になっているのか、なにがそうさせたのか、わからない。

「倫……」

掠れた声で名を呼ばれ、首筋を舐め上げられて、倫章は歯を食いしばった。

攻める側は単純に気持ちいいのかもしれないが、挿れられているほうは状況が異なる。ちょっと動かれるだけで結合部分が切れそうで、押し込まれているぶん苦しくて、自分の体がどうなっているのか不安で不安で、とてもじゃないけど冷静になれない。

倫章は歯を食いしばり、目を閉じた。太いもので下腹部を中から押し上げられた直後、たまらず嬌声を放ってしまった。

とてつもない快感のエネルギーが、全身を貫いたのだ。

「あ、あ、あ、ァ……！」

胸の前で拳を固め、顎をガクガク震わせていたら、真崎にペシッと頬を叩かれた。

「倫、どうした？　まさか、お前……感じてるのか？」

顔を覗き込まれ、倫章はギクリと身を竦《すく》めた。初めてなのに？　と追い打ちをかけられて、羞恥と理性が沸騰する。きっといま自分は、顔が真っ赤に染まっている。

「ここを刺激されるのが、気持ちいいのか？　倫章」

「ち……」

違うと言えない自分が悔しい。

「ぬ…、抜けよッ！」

さっき一瞬気持ちよかったのは気の迷いだ。男として、この状況を認めてはならない。こんなこと、人として間違っている！

「さっさと抜けよ！　こんなの、絶対おかしいだろ！」

「おかしい？　なにがだ？」

「どう考えても、俺とお前で……こんな…っ」

そのときの真崎は妙だった。ごく普通の一般常識が、なぜかまったく通じなかった。

「なにもおかしくない。実際に俺たちは繋がっている。ちゃんと……出来てるぜ、倫」

「それがおかしいって言ってるんだろーが！　俺に向かって勃たせてんじゃねーよ！」

真崎が少し笑った気配。淡い恐怖が倫章の背筋を駆ける。

「なにをそんなに怒っているんだ、倫。お前に勃つのが、そんなに変か？」

「変に決まってるだろ！　セックスってのは、好きな女とやるもんだ！　いくら親友だからって、男同士であり得ないだろっ！」

刹那、真崎が真顔になった。ギョッとするほど冷ややかな目の色だった。

そしてふいにクックック…と肩を揺らし、果ては腹筋を収縮させて爆笑した。

「な…に、真崎…」

いまにして思えば、このとき真崎の中で、なにかのタガが外れた気がしてならない。

真崎のかけた魔法が、解けてしまった。夢の世界を満喫したあとはもう、現実の世界へ戻るだけ。男同士で体を繋げている、超シュールな現実へ。

これを境に真崎は倫章に対し、傲岸不遜で高飛車な態度をとるようになった気がする。

「そうか。セックスは好きな女とやるものか。男同士はあり得ないか。そんな決まりがあったとは知らなかった。そりゃ失礼した。だけどな……倫」

冷ややかな笑みを浮かべられ、その残忍さに倫章は怯《ひる》んだ。

「この状況下で、あり得ないと言えるお前に呆れるぜ。現実が見えていない証拠だ」

ぐい、と腰を押しつけられて、倫章の肌に冷や汗が滲《にじ》む。

「ま、さ……き……っ」

「マウントされているんだよ、お前は。……この俺に」

ふたりの関係において、真崎の優位が確定した瞬間だった。

ゆっくりと真崎が再稼働する。倫章の使い心地や感触、その締まり具合を確かめるように。いつもとまったく異なる雰囲気を纏った親友に、倫章の不安が加速する。

「なぁ、真崎。頼むから……抜けよ、なぁ真崎…っ！」

「イヤだね」

腰を前後に揺さぶりながら、勝ち誇ったように真崎が言った。

「抜いてほしけりゃ、俺を満足させてみろ」

どれだけの時間が過ぎたのか、倫章には、もう見当もつかなかった。

母はパートから戻っただろうか。部屋で彼女とニャーニャーゴロゴロは、残念ながら空想だけで終わってしまった。

DVDが終わっていたことすら、知らなかった。真崎の下で荒い息を弾ませ、一方的に貪られる時間だけが、延々と倫章の身に流れていた。

唯一の記憶は、真崎はわざと時間をかけている…と感じたことだろうか。

男なら、誰しも身に覚えがある。いきそうになるたびに休み、また動いては休憩して、とにかく抜かずに快感を持続させるには、それを延々と繰り返せばいい。

ただ、長時間の勃起は結構苦しい。気持ちよく高まったタイミングで、迷わず放出したい。できることなら二度も三度も。男はそのほうが快感だし、回数に挑む楽しみもある。

でも真崎は違った。とにかく一回が長い。長すぎる。持続性がありすぎる！

冗談ではなく、永久に合体したまま余生を送るのかと、倫章は中盤から真面目に涙していたのだから。

後日、その際の持久力を問い詰めると、真崎はひょいと肩を竦め、こう言った。「あのままでは、お前にトラウマを残すと思ったんだ」と。

「少しでも楽しませようと、結構必死だったんだぜ？」

そんなふうに、正直に白状してくれた。

身勝手な判断で長引かされた側としては、真崎に非難ごうごうだ。だが内心は、そんな真崎を見直してもいた。トラウマを残してはいけないとか、少しでも楽しませたいという良心的配慮が、少しはあったわけだから。…と、そう考える自分は人が良すぎるのか、単に都合がいいだけなのか。

ただ、おかげ様で…というのは本当の本当に悔しいけれど、終わってみれば倫章は、心身共にさほどのダメージを受けずに済んだ。その上、あの長丁場で腰の使い方まで会得してしまった。初めてのアナルセックスで、しっかり絶頂も迎えてしまった。…と、あの事件を前向きに解釈している自分は脳天気なのか、ただの馬鹿なのか。

結果、あの日を境に、ふたりはそういう関係になった。真崎の部屋に立ち寄れば、どちらからともなく腕を伸ばし、身を交えた。関係は決して対等ではなく、倫章が受けるばかりだったが、そうなることを期待して真崎の家へ遊びに行くのだから文句は言えない。

最初の仕込みが良かったからなと、得意気にニヤつく野郎にはムカつくが。

ただ、それ以降も真崎は相変わらず女を欠かさなかった。反して倫章は、悲しいかな、勃たなくなってしまったのだ。

真崎との満ち足りた行為を体験して以来、異性に対して欲情できなくなったのだ。その理由のひとつが、かつての恋人たちへの疑惑だ。

男と違い、女はイったふりができる。だが男は、そういう訳にはいかない。果たして過去の彼女たちは、倫章のセックスに満足しているのだろうか、と。あんな……ただ体を撫でているだけのような接触を、本当に喜んでいたのだろうか。そんな不安を覚えたのだ。

真崎のもので喘がされ、真崎の手で搾り取られるたび、自分自身が征服され、真崎の一部と化すような、不思議な共鳴を味わえた。共犯者という感覚にも似ている。

真崎の腕の中で得る満足感と、自分の拙い経験と。その振り幅があまりにも大きすぎるため、余計なことを考えてしまうのだ。もしかしたら女子たちは、イったふりをしていたのかも…とか、やらせてあげてるのよって見下されていたのかも……とか。

反して、男は嘘がない。どう考えても女より、男の体のほうが見た目からして正直だ。欲情が目に見えて判るのだから安心感が全然違う。あいつも勃ってる、俺も勃ってる。よし、双方合意。スタンバイOK！　という具合に。

それに、どう贔屓目《ひいきめ》に見ても真崎はセックスが巧い。倫章が女子と励んでいた行為など、ママゴトみたいなものだった。

……あれこれ言い訳を重ねてみたが、もう弁解の余地はない。

一言で言ってしまえば、こういうことだ。

真崎とのセックスは、楽しい。ちょー萌《も》える。

逞しい体にのしかかられ、息が止まるほどキスを交わし、そして、真崎のもので中をめちゃくちゃに擦《こす》られながら、思う存分射精する――――。

男として、終わりだ。倫章は自分の限界を見た気がした。

もう自分は女を抱けない。彼女とセックスできない。真崎以外と、する気になれない。

責めるつもりで零したら、あっさり一言で片付けられた。俺に勃つなら問題ない、と。

男同士の性行為なんて、どう考えても普通じゃない。その場凌《しの》ぎの自慰、その一言に尽きる。

男同士に結婚というゴールはない。女と違って妊娠もない。要するに、区切りを必要とする間柄じゃなかったために、いつまでもずるずる継続していたという、無責任な関係だった。

終わらせようと思えば、簡単に幕は下ろせたはずだった。だからこそ、あえて決着をつけなかっただけの、根元まで腐りきった縁だ。

出会ったころの親友同士に、いつかは戻りたいと願う。それは決して嘘ではない。なぜなら、そのほうが、ふたりはきっと長続きするから。

だから、ようやく、やっと、そのときが来たのだ。

ちょっとした過ちからスタートしたセックスフレンドな間柄に終止符を打ち、本来の姿であるベストフレンドに、いまこそ戻ろうとしているのだ。

真崎の結婚披露宴という冗談みたいな結末に、倫章だって納得している。頭の中では、真崎の勇気ある決断にエールを送りたいとも思っている。

でも、あの真崎史彦が。

ついに、誰かのものになる。

一年前のパリ出張。利用した飛行機内で出会ったキャビン・アテンダントの高橋頼子さんと、この先一生、真崎は共に暮らしていく。

倫章を抱いていた十年間も、決して複数の女を欠かさなかった両刀使いが。あの、歩く生殖器が。あの、避妊上手の種馬が。ひとりの女と所帯を持つと決断するとは、まさに天変地異だ。挙げ句に、彼女の好きなテーマパークを臨めるホテルで、彼女好みの結婚披露宴を開くとまで言い出すとは。おまけに、倫章にまで出席を義務づけるとは。

マイペースで傲慢で理不尽な真崎の性格は今に始まったことではないけれど、スウィートテンなどという冗談を口にするくらいなら、もう少しマシな別れの言葉を考えろと、ボヤきたくなるのは当然だろう。

だから倫章は、顔も見ないで言ってやった。

「亜矢《あや》さんもユカさんもミユちゃんも、みーんな招待してるのか？」

あと二十人ほど並べてやってもよかったが、惨めすぎるから、やめた。女との関係を指摘するのは、倫章とのセックスだけでは満足できなかったという事実を認めることになる。

自分だけが「他に誰も必要ありませ～ん。真崎だけで充分で～す」と尻を振っていたのかと思うと、男として非常に情けない気がする。

所帯を持ちたいなら、持てばいい。口を挟むつもりはない。どうせ、ただの友達だ。流れでセックスして以来、倫章が女相手に勃たなくなって、その原因が自分にあるものだから、責任を感じてつき合ってくれていただけの、細くて薄い絆なのだから。

別になんとも思わない。真崎が何人の女と関係しても。倫章が体を合わせる相手は、真崎しかいなかったとしても。

ふたりの関係は愛じゃない。いまさら改めて考えなくても、とっくに自覚している。

こういうときが来ることは、最初から予測できたのだから。

「一度抱いただけの女を呼ぶ必要が、どこにある?」

ふいに、背中から抱きしめられた。無性に反発したくなって、倫章は真崎の腕の中で身を捩った。

「どうせ俺だって、寝てみただけの男だろ? やってみたら悪くなかったから、自分で抜くよりマシだと思って、それでお前は都合よく俺を飼い馴らして……」

言って、自分で驚いた。こんなふうに自分を卑下《ひげ》したのは初めてかもしれない。

おそるおそる振り向いたら、軽蔑するような視線に遭遇して肝が冷えた。眉間に深いシワを刻んで、はあぁ…と真崎が溜息をつく。

「お前というやつは、一体どこまでひねくれているんだ」

「世界一根性が曲がっている男に、言われたくない」

強がったら、いきなり前を握られた。痛いからやめろと反撃しても、合体を強要してくる手は止まらない。

「その曲がった根性を、真っ直ぐにしてやる」

「だから、宇宙一のへそ曲がりが言うセリフじゃな……うわっ！」

背後から自由を奪われ、膝を割られて、倫章は焦燥した。頬を引きつらせ、懸命に待ったをかける。

「待てよ、真崎っ。俺はもう、もう、ホントに、い………っ！」

ぐいっと押し込まれたのは指だ。無理やり広げられ、倫章は観念して歯を食いしばった。

真崎が強気に押し入ってくる。あれだけしておきながら、まだこんな余力があったとは！

「どうだ。少しは真っ直ぐになったか？」

「いいいい、痛い痛い痛い…っ！」

悲鳴を上げたのに、無視された。

「痛いって言ってるだろ！　なぁ、真崎ッ！」

「お仕置きだ。我慢しろ」

「仕置きだぁ？　俺はお前の犬か！」

「のようなものだ。忠犬にはほど遠いけどな」

なにを言ってもこの調子だ。倫章は抵抗を放棄した。言うだけ無駄だ。

「なぁ…真崎。マジで痛いよ。やるんだったらオイル塗って」

倫章が大人しく譲歩すれば、真崎も少しは歩み寄ってくれるのだ。いったん抜き、ベッドサイドのチューブの中身を指に取り、倫章の内部まで丁寧に潤滑剤を行き渡らせてくれた。残ったオイルを自身にも馴染ませ、「これならいいか?」と訊いてくれた。

「……いいよ」

俯《うつぶ》せになると、真崎がゆっくり入ってきた。俄然《がぜん》滑りが良くなった倫章の内部が、真崎のサイズに添って広がり、彼をぴったりと包み込む。

「あ……ぁ…っ」

感嘆を漏らし、倫章は背筋を震わせた。根元まで納まったそれの逞しさを貪りながら、うっとりと目を閉じる。どちらからともなく至福の溜息が漏れる。

倫章の胸に回された手が、執拗に胸を弄ってくる。もう片方の手は性器を玩んでいる。肩越しにキスを要求され……見上げた顔は、ほんのり切なげ。

「真崎、まさかマリッジ・ブルー?」

「そんなものには縁がない」

「でも、男にもあるそうだぜ? もしかして真崎、今夜で終わるのが寂しいとか」

バカ言うな、と笑い飛ばされるかと思ったのに。真崎は真顔で眉を寄せた。

「なにが今夜で終わるんだ？」

本気モードで返されて、倫章は唖然《あぜん》としてしまった。

「なにがって、わかるだろ？　これだよ」

まだ惚《ほう》けているその顔に、倫章は呆《あき》れて溜息をついた。

「俺とお前の、下の関係。お前が結婚を決めたときから、本当は、こういうのはナシにしなきゃいけなかったんだ。金輪際、俺はお前と寝ないし、他の女も全員きちんと精算しろ。美人の奥さんのために。お前はどう思おうが、結婚っていうのは、そういうものなの。よそで性処理するのは、奥さんに対する裏切りだ。…本当は、もっと早く俺がお前に、そう言ってやるべきだったんだけどさ」

いかに非常識な男でも、ここまで言えばわかるはず……だと思ったのに。

倫、と不思議そうに呼ばれて、なんだよ、とふて腐れたまま返してやった。

「お前とは、いままでどおりだ。倫章」

はぁ？　と倫章は目で訊き返した。まったくもって意味がわからない。

「俺たちは、いままでどおりだ」

「いままでどおりって、それは、どう考えても良くないだろ……、んぁっ！」

息がヒュッと漏れた。いきなり腰を叩きつけられて、視界が弾けた。

全身が再び熱くなり、嬌声が溢れ返る。激しいスライドがもたらす熱で、真崎が一層猛々しくなり、倫章をどこまでも翻弄する。

一旦抜かれ、仰向けに返され、足を摑まれ、また挿れられた。抱えられた腰は、いつしかベッドから浮いていた。倫章は真崎の腕に腕を絡め、飛び散る真崎の汗を舐めた。

真崎とのセックスは本当に楽しい。…いや、楽しかった、と過去形にしなければ。

「気持ちいいか？　倫」

「いい……よ」

最後くらいは、正直に、素直に。

倫章は腕を伸ばし、真崎にしがみついた。ぴったりと互いの胸が重なり、体温が溶け合う。真崎の広い背に両腕を回し、首筋に顔を埋めて、十年も頑張ってくれた働き者を締めつけた。

「すごく……気持ちいいよ」

言いながら、乱れる真崎の髪に頰をすりつけた。倫章の体を雄々しく揺さぶり続ける真崎の唇から漏れた言葉は、互いの激しい息づかいのせいで、明確には聞き取れなかった。

それは、意味のある言葉だったのか。それとも荒く乱れた呼吸が、単に、それっぽく響いただけだったのか。

絶頂を迎え、失いかける意識の中で、倫章は苦笑いで否定した。

そんなはずが、あるわけないのに。

そんなこと、お互いに思ってはいけないのに。

スキダ……、なんて。

◆◆◆

「お召し替え」で、新婦の頼子さんが中座している間。

豪奢《ごうしゃ》な生花で埋もれた高砂席は、媒酌人夫妻と真崎の三人が、群がる来賓たちからの祝杯を受け、楽しそうに言葉とグラスを交わしていた。

新婦の着替えが整ったという知らせがくるまで、新郎というものはこうして来賓の相手をしながら席に残るのが一般的だと、婚礼関係に勤務する友人から聞いたことがある。

新婦の準備完了間近、ようやく新郎のもとへ黒服のキャプテンが「影出し」と呼ばれる退出を促しにくるという寸法なのだが、それを聞いたとき、披露宴というのは女性のためのイベントだと、つくづく倫章は呆れてしまった。中座ひとつにしても、こんなにも歴然とした差があるのだから。

だが、少しでも長く来賓と言葉を交わせるという点では、男のほうが気楽だ。着替えのたびに参列者を三十分も四十分も放置したのでは、招いておきながら申し訳ないと思うのが、会社人間の性だから。

中座といえば、中座した頼子さんを追いかけていったきり、鈴木も中座したままだ。あの野郎、一度も席に戻ってこない。

たぶん頼子さんがカクテルドレスに着替えて登場する瞬間を、カメラで撮影するつもりなのだろう。人妻相手にご苦労なことだ。

ふ、と倫章は苦笑を漏らした。人妻という響きは、どうも生モノを連想させる。この披露宴を境に、頼子さんは「真崎の妻です」と、自己紹介するのだろう。「いつも主人がお世話になっております」とか、なんとか。

倫章も、そうだった。周囲からは「真崎のカミさん」やら「女房役」などと呼ばれていた。

でも、妻と呼ばれたことは一度もないし、もし呼ばれたらゾッとする。

いつも真崎の隣には倫章が、倫章の隣には真崎がいた。

恋人でもなく、かといって、もはや親友でもないのだろう。当てはまる言葉がないだけで、あまりにも関係性が不鮮明だ。

「俺たちって、なんだったんだろうな…」

苦笑で溜息を吐いたとき、ふと眉間のあたりに視線を感じて、倫章はゆっくり顔を起こした。今度こそ、冷静に。

真崎が、こちらを見つめていた。

ライトが眩しいのか、目を細めている。

階段三段分、高い席にいる新郎。花と光に埋もれた、真崎史彦。

なんだかとても遠くなった。そのたった三段が、倫章には永久に昇れない。

その輝きは倫章にとって、永遠に越えられないバリアーだ。

そこに座る真崎史彦は、いままでの真崎じゃない。だから倫章は、そこから先へは、もう一歩も近づかない。

ふたりを親友だと信じてくれる人たちがいるうちは、まだ昔のような関係に戻れるような気がするから、今日からはもう、いままでのようには触れない。

「だからお前も、見るんじゃねーよ」

親友に向かって、倫章は小声で吐き棄てた。

昨日までの一切に別れを告げ、ワインをグッと飲み干した。

『お待たせ致しました。装いも新たな新郎・新婦を、皆様どうぞ、拍手でお迎えくださいませ』

場内の照明がじょじょに落ちてゆく。入場扉の中央で、小さく絞ったスポットライトが位置を探ってフッと消えた。扉の上の非常灯だけが、やけに眩しい。

テーブルのあちらこちらでは、カメラを構えた人影が楽しげに囁きを交わしている。どれもこれもみんな、なんだかとても煩《わずら》わしい。

『それでは史彦様・頼子様、愛の炎を手に、ご入場でございます！』

真っ暗闇の中、美しい音楽が流れる。黒服のキャプテンが身をかがめ、入場扉の中央をツ…と押した。

大きな扉が、音もなく左右に開かれる。

スポットライトが、主役の二人を明るく照らした。歓声と拍手が弾け飛ぶ。

愛の炎の、銀に輝くトーチを手に、新郎新婦が笑顔で立っている。

倫章の目は、今度も真崎に引き寄せられてしまった。白地に黒い刺繍のテールコート姿が眩しい。その隣で白い歯を見せて微笑む頼子さんの、青空を思わせるスカイブルーのカクテルドレスも爽やかだ。そしてブーケとブートニアは、お揃いの黄色いバラ。

お世辞ではない。嫌味でもない。最高の美男美女のカップルだ。感嘆の拍手と祝福を一身に受けるに相応しい夫婦だと思う。

雰囲気というのは恐ろしいもので、気づけばみんなと同じように拍手している自分がいた。

倫章の知っている高橋頼子さんは、いつもヒールの踵《かかと》をカツカツ鳴らし、風を切って歩いている。何度か騙し打ちのようにして会わされて、すっかり顔馴染みではある。だが当然、頼子さんは真崎と倫章の関係を知らない。

仕事をしているときが一番自分らしいと断言する彼女のキャリア志向は、はっきり言ってタイプではない。だが、真崎に対しても真っ向から意見を述べる強さは、とても好ましく感じている。魅力的な女性だと、心から好感を抱いている。ひとりでもガンガン世の中を渡っていける女性だと、一社会人としても尊敬している。

そんな彼女が、この人なら…と選んだ男が真崎史彦だ。私が一目惚れしたのよ…と、頼子さんは美しい目元をほころばせて、教えてくれた。

考えてみれば似合いの夫婦だ。どちらもマイペースで、自信に満ち溢れていて。

だが倫章には、あのふたりの真似はできない。

真崎と出会ったころ、倫章はあたかも自分までがスーパーマンになったかのような錯覚を覚えた。だが高三の夏の一件以来、真崎に屈服させられた。そうならざるを得なかった。なにを言っても、なにをやっても、真崎に敵わないと思い知らされたから。

でも頼子さんなら、真崎と対等に生きていける。

「――――…あぁ、そうか」

ふと、倫章は目を瞠った。

倫章が、いつかは戻りたいと願っていた真崎との『対等』な関係を、真崎は倫章とではなく、頼子さんと育んでいこうとしているのだ。

そうだとしたら、自分は真崎のみならず、頼子さんにも及ばないのだ。

恋人にも妻にも、いまや親友にもなれない自分は、恋人であり妻であり、そして生涯のパートナーでもある頼子さんに。

すべてにおいて、負けたのだ。

炎を灯したトーチを手に、ふたりが最初に訪れたのは、頼子さんの家族が迎える媼席《おうな》だった。

花嫁の両親の目に……涙はない。完全に真崎を信頼している表情だ。頼子さんの妹は、姉の晴れ姿より義兄の真崎に興味津々のようだ。目が完全にハート型になっている。姉妹で一騒動起きる可能性も、なきにしもあらず…と、倫章は恐ろしい想像に身震いした。

テーブルの中央、花に囲まれた涙形のガラスの、ピンクのオイルキャンドルへ点火。手に手を添えたふたりが一礼し、キャプテンの誘導に従い、今度は真崎家の揃《そろ》う翁席《おきな》へ。

媼席とは打って変わって、なんとこちらは号泣だ。泣いているのは真崎のお母さん。これには、さすがの真崎も苦笑いしている。なぜ新郎側が泣くんだ、と。

ひとつずつテーブルに炎を灯しながら、ふたりがゆっくり最前卓へ近づいてくる。

今朝方まで倫章を腕枕していた左腕が、いま頼子さんの腰に添えられている。倫章の乳首を玩ぶ指で、彼女の白い指に触れ、倫章にキスする唇で、彼女に微笑みかけている。

新郎新婦が眼を見交わした。頼子さん、すごく幸せそうだね。……いいね。

知っていますか？　あなたに注がれているその微笑みは、本当は嘘なんですよ。真崎はそんな優しい表情のできる男じゃない。

本当の真崎は、残忍で冷酷だ。思いやりのかけらもない男だ。人の苦しむ姿を見るのが、なによりも好きなんだ。倫章の苦悶《くもん》の表情見たさに、わざわざ高砂の正面に座らせてしまうような残酷な本性を隠している、どこまでもひねくれた男なんだ。

誰よりも自信家で、誰よりも傲慢で、誰よりも自分勝手で、わがままで、そして誰よりも、誰よりも……――。

「おめでとう！　真崎、頼ちゃん！」

パパパンッと、耳元でクラッカーが破裂した。倫章の意識がハッと醒める。

「おめでとう！　やったな、真崎！」

「新居に招待してくれよ！」

同僚たちの笑顔が弾ける。真崎も頼子さんも笑っている。

笑っていないのは倫章だけだ。光が眩しすぎて目の奥が痛い。スポットライトが照らす対象物の存在感が圧倒的で、息苦しい。

倫章の視界の真正面に、ふたりが炎を差し出し、キャンドルに火を灯そうとしている。

鈴木たちが撒《ま》いた紙吹雪が、倫章の頬にへばりついた。顔が汗ばんでいるようだ。でも、手を持ち上げて剥がす気力もない。ただキャンドルを見つめるばかりだ。でも、誰かがオイルキャンドルの芯にいたずらをしたようで、ふたりがトーチを翳《かざ》しても、なかなか炎が灯らない。いつまでここに居座る気だ、さっとと済ませて立ち去れよ、と倫章は心の中で毒づいた。

白い歯を見せて頼子さんが笑う。誰がやったんだと真崎が茶化す。笑い声、歓声、拍手。浴びせられるスポットライトが倫章の邪な心の底を照らし、世間に晒しているかのようで耐えられない。

首筋に、いやな汗が流れる。ドレスシャツが肌にへばりつく。息が、できない…。

「おい水澤。お前、顔色悪くね？」

聴覚が認識したのは、心配そうな声だった。肩を摑まれ、フッと呼吸が戻ってきた。知らず、息を止めていたようだ。

肩に載せられた手を視線で辿ると、鈴木の顔に遭遇した。

意識の焦点が、時間をかけて次第に定まる。場内は、すでに煌々《こうこう》と明るかった。

キャンドルサービスはとうの昔に終了しており、次の余興が始まっていた。頼子さんの先輩らしき女性が、カン高い声の早口で祝辞を述べている最中だ。

ははは…と倫章は苦笑いで鈴木に弁解した。

「ちょっと呑みすぎたかな」

「んなこと言って、ほとんど飲んでも食ってもいねーじゃん、お前」

安易な嘘は、すぐバレる。

いいけどよ…と言いながら、鈴木に肘でつつかれた。また拍手か？　はいはい。

『次にご登場いただきますのは、史彦様のお勤め先、ご同僚の皆様です。どうぞ！』

「ほれ、行くぞ」

肘を摑まれ、促された。席を立たされる意味がわからない。

「おい、ちょっ、鈴木、なに？」

「余興だよ、同僚の。ほれ、しっかり歩け」

同僚とは、この松席の七人全員だ。ということは、倫章もメンバーに入ってるらしい。

「余興って、なに」

「お前、人の話なんも聞いてねーな。俺たちみんなでクイズやろうって。今日はお前、超テンション低いから、立ってるだけでいいよ」

鈴木に呆れられてしまった。なんだか悪いことをしているような気がして、倫章は小声でゴメンと謝った。

同僚七人が前に出揃う。自他ともに認める宴会担当部長の本領発揮で、マイクの主導権は鈴木が握っている。

「あー、えー」

ゴホン、とわざとらしい咳払いを一発。あちこちで和んだ微笑みが溢れる。それより真崎の視線が痛い。胃まで痛くなってきた。

「当社創立以来のタラシ…あ、間違えました、稀代のイケメン真崎くんが、とうとう覚悟を決めたようで、ご愁傷様です。あ、間違えた、おめでとうございますっ！」

場内がドッと沸いた。祝いの席では、みんな付き合いがいい。笑い声はご祝儀だ。

鈴木が適当にしゃべって、周りが拍手で盛り上げて。立っているだけでいいというのは、こういうことか。これならなんとか最後まで保ちそうだと、倫章は胸を撫で下ろした。

「……ということで、選ばれた方々はご協力よろしくお願いします！」

鈴木の号令で、倫章の隣に並んでいた同僚たちが一斉に会場へ散った。見回せば、前列に残っているのは鈴木と倫章のふたりだけだ。

倫章は青ざめた。どうやら、また話を聞いていなかったらしい。

「おい、鈴木……」

小声で「俺は、どうしたらいい？」と話しかけると、お前はいいの、と放置された。

会場に散っていた五人は、それぞれにひとりずつ、女性をエスコートして戻ってきた。

身が竦んだのは、真崎が――立ち上がったから。

会場全体がどよめき、拍手が一層大きくなる。スポットライトを従えて、真崎がゆっくり階段を降り、鈴木の隣に立った。

倫章には、目もくれずに。

反して倫章の視線は、真崎の足元に突き刺さったまま、抜けなくなってしまった。

誰かが真崎の後ろに回り、アイマスクを被せたようだった。いつの間にか頼子さんも、高砂席から降りてきていた。頼子さんは、同僚たちが連れてきた女性陣と一緒に、高砂席の前に横一列、来賓と向きあうようにして並んだ。

そっとやってきた鈴木が、倫章に耳打ちする。なんだろう。よく聞き取れない。ぼんやりしすぎて、聴覚まで麻痺《まひ》してしまった。

左右から同僚に挟まれ、背中を押されながら、倫章は頼子さんの隣……来賓から見て一番右端へ立たされた。

会場のみんなが笑っている。笑っている理由がわからない。なぜ自分は女性たちに混じって、頼子さんの隣で来賓に向かって、興味津々の視線に晒《さら》されているんだろう……。

「えー、これより新郎・真崎史彦の愛が真実か否かを試そうと思います。こちらに出揃いました美女七人から、愛する花嫁を、果たして見つけ出せるのか！　題して、七人の花嫁・本物はどーこだっ！」

――――ちょっと待て。

倫章は青ざめた。なぜ自分が花嫁当てクイズに出場しているのか、七人の美女の中に含まれているのか、まったく意味がわからない。

抗議しかけた口は、後ろから同僚に阻止された。しゃべるなということらしい。おまけに同僚たちは、倫章が逃げないよう腕を捉え、犯人逮捕よろしく背後からガッシリと肘を捉え、固定している。

「なぁ、俺は……」

口を開きかけたら、シーッと制された。同僚たちだけではない。目の前の主賓席、山田部長も島村課長も。高校時代の悪友も、大学時代の仲間たちも、みんな唇に指を立てて、黙っていろと笑っている。

みんな、面白がっている……?

「さあ、真崎くん！　全員の手に触れて、しっかりと愛を確かめてください！」

誘導されながら、真崎がひとりずつと握手を交わしてゆく。二人目、三人目、四人目……。ゆっくりと、ゆっくりと、真崎は確実に右端の倫章へと近づいてくる。

六人目。頼子さんが差し出した手に、真崎の手が触れた。

飛行機内の労働など耐えられないんじゃないかと心配になるほど、頼子さんの……花嫁の手は白くて滑らかで、指も細くて長くて綺麗《きれい》だった。

こんな美しい手を見てしまったら、落ち込むなと言われても落ち込んでしまう。頼子さんの手に触れたあとに倫章の手を握れば、その差は猿でも歴然、唖然、愕然《がくぜん》だ。

察するに、自分は頼子さんの引き立て役として駆り出されたのだ。それと、美女たちの中に男がひとり混じるという、お決まりのお笑いポジションとして。

抗う勇気がない代わりに、なんとかして笑おうと務める自分が心底惨めだった。頼子さんの晴れの日を、両家の体裁を、常識を、そして真崎の立場までもを気遣う自分は、とてつもない間抜けかもしれない。

大声をあげて、やめろと言えない自分が悲しい。真崎に逆らえない自分が情けない。イヤだとかなんとか言いながらも、結局自分はなにもかも真崎から教えられ、いつも真崎のあとを追い、真崎に言われるままに、真崎の望むままに従い、流されてきた。それを当然のこととして、のほほんと十年を過ごしてきた。

初めて体を重ねたときも、そうだ。

逃げようと思えばできたはずなのに、自分はなぜ、脚を開いた？

なぜ、そのあとも関係を続けた？　なぜ同じ大学へ、同じ会社へ進んだ？

なぜ、この期に及んで、まだ親友の座にしがみつこうとする？

なぜ真崎に、そして頼子さんに負けたことが、こんなにも。

こんなにも悔しくてたまらない……？

頼子さんの手を離した真崎が、こちらへ誘導されてきた。最後のひとりです、という鈴木の声に、倫章は無意識に手を差し出していた。真崎も周囲にサポートされながら、倫章の手を探り当てた。

触れられた瞬間、この手だ…と皮膚が認識するほど、恋しさに震えた。

十年もの間、かたときも離さず握りしめていた手だ。倫章以外の体をたくさん知っている、憎らしい手でもあるけれど。

それでもこの手は、いつも倫章に優しかった。髪に、頬に、首筋に、胸に、どれだけ触れてくれたことだろう。終えて、眠りに落ちるときも。いつもこの手を胸元に引き寄せ、抱きしめて、指に指を絡めて眠った。

真崎に勝てない理由は、ただひとつ。

いまごろ気づくなんて、最悪だ。


会場の誰かが、クスクス笑っている。男が男に触れているのが滑稽らしい。笑ってしまうようなことなのだ、男同士が真剣に触れ合うというのは。誰が見ても違和感アリアリだ。

真崎はアイマスクをしたまま、倫章の右手の甲を確かめている。いつも倫章を優しく愛撫する長い指で、他人のように触れている。倫章にとって真崎の手は唯一無二でも、真崎にとっては、無数のうちのひとつでしかないのだろう。

倫章は目を閉じた。もし自分が真崎の立場だったら、簡単に当てる自信がある。どんな暗闇の中であっても、真崎の手を間違えることは絶対にないと断言できる。

だが真崎は、なんの余韻も残さずに、倫章の手を離してしまった。

「さあ、真実の愛の行方を告げる時間です！　真崎史彦くんの伴侶の手は、一体何番目の美女の手だったのでしょうかっ！」

鈴木に答えを促され、まだ視界を閉ざされたままの真崎が「ＯＫ」と頷いた。その口元にマイクが添えられる。

頼子さんは六番目だ。倫章の、ひとつ前。真崎が人生の伴侶に選んだ、美しい花嫁だ。目隠しをしていても、きっと真崎は頼子さんの手がわかる。一緒に生きていこうと決めた相手だもの。きっと、わかる。

倫章にだって、わかるから。真崎の手を、唇を、彼の体温を、いつも全霊で受け止めていたから。

もう遅いけれど、気づいてしまった。

だから怯えていたのだ。イライラし、不快にもなり、緊張もしていたのだ。真崎に知られた瞬間に互いのバランスが崩れてしまうと無意識にわかっていたから、知らないふりをしていたのだ。

いつまでも真崎と一緒にいたいから、自分でも気づかないうちに「親友」という最強の理由に縋りつき、本心にフタをし続けてきた。それは、今日に限ったことじゃない。

真崎の過去の女たちに対しても、嫉妬も文句も言わない人畜無害を演じていたのだ。傷を最小限に食い止めるために、無関心という言葉で自分を防御していたのだ。

俺は馬鹿だ…と、倫章は嘆いた。

こんなにも、真崎のそばに、いたい。

「よりによって、どうしてこのタイミングかなぁ…」

誰にも聞こえない小さな声で、倫章は自分を嘲笑した。

真崎が倫章以外を抱いても、倫章を捨てても、それでも離れたくなかったのは。

「こんなにも——好きだったからだ」

水澤倫章史上、最大で最悪の大後悔が、溜息とともに唇から漏れた。

この会場にいる誰の耳にも、それは届かなかったけれど。


真崎の答えは、一同の大爆笑を誘った。

「伴侶は、最後の手です」なんて、堂々と言ったものだから。

みんなが手を叩いて笑っている。部長も、課長も、ご両親も。鈴木が指をピィーッと鳴らして囃し立てる。しっかり笑いがとれて大成功だ。

さぁ、もう気づいたよな、真崎。笑われちゃったぜ。ほら、言い直せよ。

いまの間違いで、もう充分だ。

「どうやら真崎くんの愛が、行方を眩《くら》ませているようです」

絶好調の鈴木のトークに、会場のスタッフたちも手を叩いている。頼子さんまで声を立てて笑ったから、今度こそ立ち位置を確認できただろう。

「さぁ、もう一度だけチャンスを差し上げましょう！　答えによっては披露宴が修羅場と化す一大事だ！　慎重にお答えを！　伴侶の手は何番目ですかーっ‼」

ミスには縁のない真崎が、最高の場面で最悪のミスを犯した。

「間違いない。ラストが、俺の伴侶だ」

真実の愛の行方は、倫章以外、誰も知らない。真崎も知らない。それなのに。

「もう訂正はナシですよ？　その手の主を娶《めと》る覚悟と見なしますよ？」

爆笑が一層高まった。笑いごとじゃないのに。倫章はいま、ここにこうして立っているのも苦しくて、辛くて絶えられないのに。

それなのに、まだ真崎は性懲りもなく、倫章を追い詰めるのだ。

「間違っていない証拠に、この手の主にキスしてやるよ」と。


この手の主が女性なら、ここでストップが入ったはずだ。

鈴木だってバカじゃない。越えてはならない一線を見極めるくらいの分別はある。

でも鈴木は止めてくれなかった。同僚たちも同様だ。止めるどころか、面白がって倫章の頭を後ろから固定していた。

余興にしては、残酷すぎる。

真崎の唇は、苦い酒の味がした。

祝福に溺れた、怠惰な味がした。

まるで、知らない男の唇だった。


目隠しを解かれた真崎が、倫章の姿を見て大袈裟《おおげさ》に顔をしかめた。「やられたな」と、肩を竦めてみせたから、またしても会場は爆笑の渦だ。

頼子さんが真崎を叱るふりをする。申し訳ないと、真崎が片手で拝んでみせる。新郎新婦のコミカルなやりとりで、会場全体が幸せムード一色に染まった。

「真実の愛の到達点となってしまったのは、水澤倫章！　さぁ、ご感想をっ！」

「……吐く」

「え？」

「トイレ」

口元を押さえ、倫章は駆け出した。

その逃亡は、余興の締めくくりとして大正解だったようで、倫章の後ろで大喝采が湧き起こった。

祝宴会場を飛び出して、ようやくひとりになれたとき。

倫章の目からポロッと落ちたのは、悔し涙でも、怒りの涙でもない。果てしなく遠くへ行ってしまった真崎への、哀惜の涙だった。

トイレに駆け込んだ倫章は、個室の便座を抱え込み、胃の中のものを全部吐き出そうとした。だが、なにも出てくれない。

思えば朝からなにも食べていなかった。真崎に引きずられるようにしてこの会場へ着いてからも、用意された軽食を口へ運ぶ気になれず、ワインを一杯飲んだだけだった。出るものがないのに、嘔吐感《おうとかん》だけが競り上がってくる。絶不調極まりない。出ないものは仕方がない。体を起こし、倫章はトイレットペーパーで口元を拭った。体調が悪いと理由をつけて、さっさとここを引き上げよう。それが一番いい。自分にとっても、真崎にとっても。

トイレットペーパーを流し、個室から出ようと扉を開けた直後、白い影に阻まれた。正体を見極める間もなく片手で胸をドンと押され、便座のフタに座らされていた。

白い影の主を仰ぎ見て、倫章はギョッと目を剥いた。

「本当に吐くとはな」

広い肩でドアを押し開け、ズイッと入ってきた長身が、冷酷な視線を突き刺して言う。

「フォアグラのガランティーヌ、燕《つばめ》の巣のスープ、伊勢海老《いせえび》のフランベ、牛ヒレ肉のステーキ・トリュフ添え、ドン・ペリのソルベ」

「安心しろ。料理には手もつけてない」

「どちらにせよ、無駄にしたことには違いない。日本語は正しく理解しろ。何年俺と一緒にいるんだ」

「……どうせ俺は、学習能力皆無ですよ」

好きだと自覚してしまった相手と、情けなくもこんなところで押し問答したくない。どけよ、と倫章は低い声で威嚇した。犬がライオンに吠《ほ》えたところで、なんの効果もないけれど。

立ち上がろうとした肩を、押さえて戻されるのと同時に、カチリ…と冷たい金属音が響いた。真崎が個室の鍵を閉めたのだ。

なぜ……と思う間もなく、倫章は唇を塞がれていた。

「……ッ！」

上から膝を押さえつけられ、顎を摑まれて仰向かされては、抗うことは難しい。それでも懸命に抵抗し、口を閉じようと歯を食いしばるが、歯列を舌でなぞられて、倫章はたまらず喘いでしまった。その隙を突いて舌を押し込まれ、息が止まるほど強烈に貪られていた。

「んウ…――――ッ！」

何度も真崎の足を蹴り、拒絶の意志を訴えた。真崎の手の甲に立てた爪が、焦りで何度も滑ってしまった。

ついに倫章は、抵抗を放棄した。どんなに激しく唇を求められても、体は沈黙したままだ。真崎の唇が一旦離れ、躊躇《ちゅうちょ》しながら再び近づく。触れられる寸前に顔を引いて拒絶すると、もう真崎は、それ以上は追ってこなかった。

「…まさか、あの程度のキスで欲情したわけじゃないよな?」

と訊いているのに、真崎は答えてくれない。どこまでバカにしているのだろう。倫章のことだけではない。頼子さんや、双方の両親、媒酌人や来賓に対してもだ。

「戻れよ。主役がこんなとこで、なにしてるんだよ」

「倫章、話を…」

「戻れって言ってるだろっ!」

渾身《こんしん》の力で壁を殴った。力及ばす、トイレは壊れてくれなかった。頭を抱え、倫章は髪を掻きむしった。もはや我慢の限界だ。真崎にだけは、こんな醜態を晒したくなかったけれど、もう無理だ。なにもかも終わった。

情けない。情けない。情けない!

倫章は歯を食いしばった。どこも痛くないのに、さっきから涙が零れて止まらない。あとからあとから苦渋の涙が、ボロボロと溢れ落ちる。

鼻先に、白いハンカチが突き出された。真崎の手など二度と触れたくなかったから、注意深くハンカチをつまみ、目元を拭った。

「俺が間違えると思うか？」

静かな声で真崎が言った。意味が判らなくて、憎い男を仰ぎ見ると、先程までの人をバカにしたような雰囲気は微塵もなく、穏やかな表情でこう言った。

「生涯の伴侶…と、鈴木は言ったよな？」

「ああ……言ったね」

「だったら、俺は間違えていない」

は？　と倫章は首を傾げた。なにを言おうとしているのか、よくわからない。花嫁当てクイズの正解は、誰がなんと言おうと六番目の手だ。だが真崎は、最後と言い張った。公衆の面前でミスしておきながら認めないなんて、厚顔無恥も甚だしい。

倫章の顔つきから思考を読んだのか、真崎がチッと舌打ちした。

「慶桜《けいおう》卒とは思えないほど、頭の回転が悪いな」

「な…、なにっ⁉」

言われて倫章は目を吊り上げた。同じ慶桜大の卒業生でも、法学部の主席とその他大勢では天と地ほどの差があるのだ。底辺の苦労を知らない男に言われたくない。

「自分の奥さんの手も判らないような鈍感野郎に、言われたくないね」

「だから、故意にやったんだ。まだわからないのか？」

「故意？　わざと間違えたって言いたいのか？　だとしたら余計に理解不能だ。あの場で俺に恥をかかせて、一体なんの得があるんだよ」

真崎が眉間に深いシワを刻んだ。かなり困惑している模様。重く長い溜息をつき、両掌を倫章に向け、落ちつけ…と見えないなにかを鎮めている。「お前が落ち着け」と冷静に突っ込みを入れたら、今度は肩を落とされた。

「あのな、倫。あんなものは誰にでも判るんだ。新婦のロングドレスの裾が、俺の足に当たるんだよ。結婚披露宴で、新婦以外に誰がそんなものを着ている？」

言われてみればそうかもしれない…とは思う。だが、ミスはミスだ。

「でも、頼子さんは判っても、どうして俺まで判るんだよ。俺があの中にいるって知らなかっただろ？　手の感触で男だとわかっても、白石《しらいし》や加藤《かとう》や永井《ながい》だって可能性あったんだぜ？　最後の手が男と知りながら、ウケ狙いで選んだのなら、お前は誰とでも平気でキスできる変態野郎だってことに……ガッ」

突然のキスに、歯がぶつかった。

「…もう黙れ、倫」

しゃべりたくても、しゃべれません。

さきほどまでの反発心はどこへやら、倫章は真崎に求められるままに、長々とキスを堪能してしまった。一旦離れた真崎の唇が、名残惜しそうなオマケをくれる。

数回小さく啄《ついば》んで、真崎が優しい声で言った。

「俺より一回り小さくて薄い甲。滑らかで少し冷たい肌。細い指に、小振りな関節。いつも綺麗に切ってある爪。すぐに判った。倫章だと」

急に、胸が熱くなった。

キスで譲歩したわけではないけれど、なにかを溶かす程度の効果はあったようだ。真崎の言葉を、今回は素直に聞くことができた。

「お前の手は、暗闇の中でも当てられる」

図らずも自分と同じことを考えてくれていたのだと知り、倫章の胸に淡い感動がひたひたと広がった。だがその感動も、すぐに思い出のひとつとなって、切なさへ切り変わってしまうのだ。なぜなら相手は……他人の花婿。

心は通じていた。それがわかっただけでも感動ものだ。だから倫章は、真崎に訊いてみようと思った。訊きたかったけど、訊けなかったことを。

そして、訊いたあとに笑って告白しようと決意した。認めたばかりの自分の気持ちを。

真崎が好きだということを。

「…ひとつ、訊いてもいいかな」

「なんだ?」

訊きながら、倫章はプッと吹いてしまった。トイレの個室で男ふたりが、真剣な顔でなにをしているんだろう。滑稽すぎて、これもまた、いい思い出のひとつになりそうだ。

「お前さ、どうして結婚決めたの？」

見上げると、少し驚いたような顔をされてしまった。結婚が決まったと報告を受けた半年前、真崎に「理由を訊きたいか？」と訊かれて、「興味ない」と断ったのは、倫章のほうだったから。あのときは意地を張っていただけだ。本当は、知りたくて知りたくてうずうずしていた。

真崎の目に、からかいの色は見られなかった。倫章と真面目に向き合ってくれていた。

「結婚した理由は、意気投合したからだ」

「ありきたりだな。でも、それだけじゃないだろ？」

「価値観が、とても似ていた」

倫章は頷いた。それって重要なことだと思う。この特殊な男と同じ感性を持つ異性と巡り会えたことは、まさしく奇跡だ。

「仕事さえ継続できれば、子供は不要。夫の浮気もノープロブレム。結婚に愛は必要ない。頼子の結婚観は、至ってシンプルだ」

聞いて、耳を疑った。真崎の日本語が理解できない。いや、理解できないのは、頼子さんの考え方だ。

「要するに俺も頼子も、結婚生活に必要性を感じない人種なんだ」

えーと…と前置きして、倫章は頭の中を整理した。

「と言うことは、お前たちは、そもそも、なぜ結婚をすることに…したんだ？」

結婚をすることにしたのではなく、披露宴をすることにした、が正しい日本語だと指摘されて、ますます頭がこんがらがった。

「……あの、さ。真崎？」

「ん？」

「まさかお前、彼女が浮気容認だから一緒になる…って言うんじゃないよな？」

沈黙すること約五秒。信じられないバカ夫婦の婚姻理由が、聞き間違いであってほしくて、倫章はもう一度問いただした。

「浮気オーケーだから、結婚を決めたのか？　俺との仲はいままでどおりって、そういう意味だったのか？　式を挙げたあとも…お前、本気で俺を抱くつもりだったのか？」

「半分ハズレで、半分正解だ」

悲しみを通り越し、ふつふつと怒りが湧いてきた。

今日で終われると思っていたのに……やっとピリオドを打てると思ったのに、この無責任男は、なにも考えていなかったのだ。

倫章は拳を固めた。目の前の男をぶん殴ってやりたい。ただ、その拳に、さっきからぽたぽたと熱い涙が落ちるのだ。泣くなんて、一番避けたい行為だというのに。だけど涙が止まらない。悔しくて腹立たしくて、こんな男に真剣に訴えている自分が情けなくて、ほとほと呆れて。

「真崎…。お前、俺をなんだと思ってる？　さっき笑っていたやつらと同じで、やっぱりお前も俺のことなんて、余興のひとつで……笑いがとれれば充分だって、そう思ってるのか？　その程度の関係を、俺たちは十年も続けていたのか？」

言葉を探しているうちに、怒りがどんどん積み重なる。もう崩壊寸前だ。

「お前みたいなドアホウに言うのも悔しいけど、俺はな、真崎。真剣に悩んだんだよ！　お前なんか、さっさと結婚して、勝手に幸せになればいい。いいけど、でも、俺の気持ちは、まだ整理がついてないんだよ！」

「お前の気持ち？」

「そうだよ！　俺の気持ちだよ！　俺は昨日と変わらない。だけどお前は違うだろ。お前には守るべき人が出来たんだ。浮気なんかしてる場合じゃないだろうが！」

「もちろんだ。浮気などする気はない」

だったら！　と倫章は真崎の腕を摑んで吠えた。

「こんなところで遊んでないで、さっさと頼子さんの隣へ戻れよ！」

「本気でそう思っているなら、笑顔で俺を送り出せ。心から祝福しているなら笑えるだろう?」

「で…出来ないから、泣いてるんじゃないかっ!」

「なぜ出来ない? なぜ泣くんだ? 親友の門出に」

真崎の大きな掌が、倫章の頬をそっと包む。その温もりに、倫章は嗚咽《おえつ》を漏らした。

「浮気はしない、倫。これからも俺は本気でお前を抱く。いままでどおり、真剣に」

「どう、して……っ」

「まだ俺に、それを訊くのか?」

困ったように微笑まれてしまう理由が、わからない。わかってしまうのが…怖い。

倫章は首を左右に振った。ぽたぽたと涙が散る。

「伴侶の手を取れと言われたから、そうした。きちんと態度で示したつもりだ。……気持ちの整理なら、とっくについているはずだぜ? 倫。言えよ。なぜお前は泣いている? 俺の結婚を祝福できないのは、なぜだ?」

促され、倫章は唇を噛みしめた。言ってくれ…と、らしくなく懇願されて、悔しさのあまり真崎の胸を拳で叩いた。

そしてついに倫章は、頑なに守ってきたプライドを、トイレの床に叩きつけた。

「好きだからだよっ!」

叫ぶと同時に真崎の胸ぐらを掴み、前後に激しく揺さぶった。

「お前、全っ然わかってないよ！　俺はお前が好きなんだ！　真崎のことが大好きなんだよ！　だからこそ、なにもかもに腹が立つんだ！　好きで好きで好きで、どうしようもないのに、もうどうにもならないから、だから、こんなにムカついてるんだっ！」

――言ってしまった。ついに。

もう友達に戻れない。これで終わりだ。一巻の終わりだ！

倫章は便座に腰を下ろした。と言うより、崩れ落ちた。足に力が入らない。

真崎の手が顎へと伸びてきた。顔なんか見られたくない。倫章はその手を払い落とした。

「…醜態ついでに、洗いざらい白状してやるよ」

後日改めて訊かれたりしたら、それこそ最悪だ。いやなことは一度で済ませてしまいたい。今日なら真崎も人生最良の日に免じて、倫章の失態に目を瞑《つぶ》ってくれるだろうから。

惨めで憐《あわ》れな男に、同情してくれるかも……しれないから。

「俺、お前から頼子さんとの結婚を聞かされてから、今日まで何度も自分に言い聞かせてきたんだ。これでやっと元の親友に戻れる…って。改めて、ずっと一緒にいられるんだって。将来、俺も誰かと結婚したら、お前んちとは家族ぐるみでつき合って、いまよりいい関係になれるじゃないかって……馬鹿みたいなこと考えてた」

幻を語る声が震える。自分の腿を摑む手も、みっともなく小刻みに震えている。だけど言いたいことを伝えないまま心の中に残したら、一生後悔するのは明らかだ。

「もう脅えなくていい。怖がる必要はない。友達として一生真崎の側にいられる。そう信じて…そうなれるように努力しようとしていたのに、なのにお前が、俺の気持ちをバキバキにへし折るようなことばかりするから……」

気がつけば倫章は、真崎に抱き竦められていた。

純白のタキシード越しにも伝わる真崎の温もりが懐かしくて、倫章は目を閉じた。

もうこんなにも、懐かしい。

たった一日が、一週間にも一年にも感じられるなんて、ひどく永く触れていなかったような気がする。

寂しい。寂しいよ、真崎。

お前から離れるのは、すごく寂しいよ……。

「怖かったのか?」

やけに静かに、真崎が言った。

「友達に、戻りたかったのか?」

真崎に鼻先をすりつけて、倫章は小さく頷いた。戻れるものなら戻りたい、と。

ああもう、とんでもなくみっともない。そっと真崎から体を離し、照れながら鼻を啜《すす》った。顔中が涙と鼻水でドロドロだ。まるで倫章の心みたいに。

真崎から身を離し、トイレットペーパーをたぐりよせた。ちぎったそれで涙を拭き、ついでに鼻を思いきりかむ。便座のフタをパカッとあけて、使用済みのペーパーを放り込み、溜息と一緒に勢いよく流してフタを閉め、もう一度その上に座った。

直後、真崎が困ったような咳払いをした。まるで、笑ったのを誤魔化すかのように。

「……なんだよ」

目を吊り上げて訊くと、プッと音声つきで笑われてしまった。直後にクックッと肩を揺らされ、ついには身を折り曲げて爆笑されてしまった。

「そこ、笑うとこじゃないと思うけど」

デリカシーのない男が、図々しくも倫章へ両腕を伸ばしてきた。立ち上がりざまに拒んだら、肩を摑まれ、壁に押しつけられてしまった。

倫章の目を覗き込み、真崎が目尻を下げて言う。

「いいことを教えてやるよ、倫」

「いいこと？」

「俺と頼子の、馴れ初め」

真崎が壁に両肘をついた。倫章を押し潰すようにして、ふたりを阻む便座を越えて。

「真崎、さっきの俺の告白、真面目に聞いてたか？」

「もちろんだ。一生忘れない」

唇が触れるか触れないかの距離で、真崎が微笑んだ。

「お前は信じないだろうが、俺はお前に隠れて女と交渉を持つことは一切なかった」

「嘘つけ。俺の知らないところでも、山ほど女を口説いてたくせに」

「信じないのはお前の勝手だ。だが俺は、嘘は言わない。俺がお前に紹介してきた過去の女たちも、抱いたのはせいぜい数回だ」

「それでも、数にすれば最低五十回はしてるってことだろ？　ひとり二回やってたら、百回はやってるって計算だろ？」

なにも免罪符になってないぞと返したら、う…と真崎が言葉に詰まった。それでも真崎はすぐさま威厳と体勢を立て直し、倫章の髪を指で梳《す》きながら応戦してくる。

「一般論ではそうかもしれないが、でもな、倫。そんな俺が、この十年間かたときも離さなかったのは誰だ？　それは、お前が一番よく知っているはずだ」

だろう？　と高い鼻を押しつけながら同意を促されてしまった。だが、意地でも頷いたりしない。離れず過ごした十年も、今日を境に過去となるのだから。

倫章の気も知らないで、真崎が唇を啄んでくる。

「頼子からの誘いも、最初は断ったんだ。裏切れないヤツが日本にいる、ってな」

「お前、まだそんな女いたの？」

呆れて訊くと、それはマジメな質問か？　と唇に嚙みつかれてしまった。

「だが、あれほどの美人だ。もったいなくてな。だから、帰国したらデートしようと提案した。…頼子はすぐに気づいたよ。誰かに嫉妬させたいんだろうと見抜かれた」

ビックリした。けど、言葉にはしなかった。恋愛に関しては百戦錬磨のあの真崎が、誰かに嫉妬させたいようなカワイイ男だったなんて、初めて知った。驚いた。

倫章の鼻に、しつこく鼻をこすりつけながら、独白のように真崎が続ける。

「頼子にせがまれたんだよ。その女を紹介しろ、と。だから、お前に会わせた」

「……は？」

「俺の想い人が男と判って、頼子は唖然としていたよ。片想いだと付け加えたら、信じられないと爆笑された。フラレた経験のない自分が、初めて負けたのが男で、その上横恋慕だなんて…と。そういうことなら勝ち目はない、とね」

話の内容が、うまく頭に入ってこない。

思考回路が自分に都合のいい解釈をしているだけじゃないのかと戸惑ってしまい、まともに真崎の目を見られない。言っていることはわかるけど、違っていたら……聞き間違いだったらどうしようと、この期に及んで倫章は、まだ自分の気持ちから逃げていた。真崎ひとりが余裕綽々《よゆうしゃくしゃく》の表情だ。

「じつは頼子のご両親は、頼子の仕事を快く思っていない。顔を合わせるたび、言われるそうだ。空の仕事は危険だから、早く寿退社して、親を安心させてくれ、と。だが本人は、まったく嫁ぐ気はない。いい男はそれこそ世界中にいる。子供もいらない。だから焦る必要はない。自由に世界を旅したいから、家はいらない。一生空を駆け巡って、いろんな男に恋して生きていきたい。…それが頼子の求める生き方だそうだ」

「そんな女性をも妻にしたんだぜと、自慢してるわけ？」

「どこまでひねくれているんだ、お前は。……とにかく、頼子が俺に声をかけた理由は、寝てみたいと思ったから。それだけだ。光栄といえば光栄だが、話をしているうちに、互いの利害が一致していることに気がついた。それで頼子が、披露宴を挙げたいと言い出したんだ」

はぁ？　と倫章は声をあげた。突拍子もない展開についていけない。真崎の話は、まだ終わらない。

「ひとまずの親孝行として、両親に花嫁姿だけは見せてやりたいと頼子が言ったんだ。それで親も満足するだろうから、と。よって、婚姻届を出す予定は最初からない」

そんな簡単じゃないだろうと倫章は思ったが、あの頼子さんを育てたご両親なら、なにがあっても不思議ではない。

「で…真崎。お前の利益は？」

「俺の『利益』は、頼子の言葉を借りるなら『決着』だ。嫉妬してほしくて、せいぜいイイ女を連れ歩いても、誰かさんは気にもしてくれない。俺はそんなに魅力がないのかと、真剣に悩まされた。だが、訊けるわけもない。…いまさら、どんな顔をして愛の告白ができる？　惚れた相手に、女の抱き方まで教えてしまった男だぜ？　俺は」

言って、真崎が破顔した。なんとも爽快に。

いくら鈍感な倫章でも、ここまで言われたら察しがつく。

驚きのあまり固まっていたら、優しい指にそっと頬を撫でられて、こわごわ目線だけを上げた。仰ぎ見た真崎の表情は、もしかしたらこれまで見てきたどの顔よりも、柔和だったような気がする。

「お互い、まだ十七だったな。当時の俺の精一杯の抵抗は、お前の女にこう吹き込むことだった。倫章は、手慣れた女は大嫌いだ、と。おとなしく横になり、目を閉じて待っているような奥ゆかしい女が好きなんだ…と。女たちは、そのとおりにしただろう？」

「あ…、あれって、全部お前のせいだったのかっ！」

恥ずかしすぎる遺物を晒された思いで、倫章は顔を真っ赤にした。すべては愛ゆえと笑い飛ばすには、あの経験は苦すぎる。

「女と寝ても楽しくない。女なんて、つまらない。俺はお前に、そう思わせようと必死だった。…卑怯《ひきょう》でもいい。俺が一番だと思わせたかった。だから、お前が女相手にインポになったと知ったとき、どれほど嬉しかったか…」

ぷちっと切れた血管を、倫章はかろうじて理性で繋ぎ治した。元凶が綴《つづ》る言い訳は、ある意味愛情の裏返しだと肯定的に受け入れなければ、こんな男とはつき合えない。

真崎の長い指が、倫章のドレスシャツのボタンを器用に外してゆく。近づいてきた唇が、肌を這う。胸の突起に舌を這わされ、ブル…と熱い息を漏らしてしまった。

「でも……いつからか、わからなくなってしまった。なぜ倫章は俺に抱かれ続けるのか。相性がいいから？　ただそれだけの理由なら、俺の思いは一生報われない。……この披露宴で俺は、積年の想いを成仏させるつもりだった。俺の結婚にも、お前が平気な顔をしていたら、今度こそ潔く諦めようと……覚悟していた」

先に我慢できなくなったのは、どうやら真崎のようだった。倫章としては、もっと真崎の言い訳に酔いたかったのだが……唇を塞がれては、応えないわけにいかない。

「ん……」

壁を背に体を密着されて、鼓動が高まる。押しつけられた真崎の猛りは、倫章の鼓動なんかよりもっと大きく、もっと強く、ぞくぞくするほど逞しかった。

「だから夕べは嬉しかった。お前が初めて、嫉妬らしきセリフを口にしてくれて……。だから絶対に泣かせてやろうと……今日こそは泣かせて、悔しがらせて、俺たちはこんなにもお互いを求め合っていたことを、なによりもお前に気づかせたかった……！」

知らないうちに、礼服のベルトを外されていた。真崎にファスナーを下げられた途端、じつに潔く足首まで落下して、下着姿を晒していた…けど、もちろん倫章に異議はない。

厚めに捲《ま》きとったトイレットペーパーを、真崎が素早く準備する。同時に満足を得たいときの、いつものふたりのやり方だった。

倫章の下着を下ろした真崎が、自身のタキシードのファスナーを下ろし、取り出した。そそり立つ勇姿に見惚れつつ、倫章も前を突き出した。真崎の大きな右手によって、二本まとめて扱かれ、早くも倫章は先走ってしまった。こんな場所で、こんな緊迫状態で、興奮するなと言うほうが無理だ。

その先走りを拭った指で、真崎が後ろをほぐしてくれる。倫章は真崎に背を向け、脚を開き、腰を高く上げ、自分の手首に歯を立てて声を殺した。

「……ッ！」

疼《うず》くそこに、真崎の先端が押しつけられた。括約筋の抵抗などものともせず、グググ……と灼熱《しゃくねつ》の杭が押し入ってくる。

「くぅ……っ」

歯を食いしばり、倫章は何度も壁を掻いた。トイレの狭さもなんのその、真崎が強引に突き上げてくる。立ったままの行為は久しぶりで、膝をうまく使えない。まともに真崎の上に体重を落としてしまい、何度も自爆しそうになった。

真崎の唇がうなじを這う。耳の裏側を舐められて、息が弾み、心が乱れる。

とても不思議な感覚だった。いままで数え切れないほどセックスを交わしたにも関わらず、まるで十七の頃に戻ったかのように、真崎に全信頼を寄せ、自分のすべてを委ねている。疑いや思惑などない。純粋な安心感が全身に広がり、倫章を満たしていた。

「俺たちは終わらない。いいな？　倫章」

命じる声の雄々しさに、喜悦で背筋が震え上がった。倫章は何度も頷いた。

この十年で凝り固まった意固地な感情が、ゆっくりと溶けていく。

気づく必要に迫られず、だから気づけなかっただけで、ずっと前から好きだったのだ。

自分は真崎を愛している。そして真崎に、愛されている。

「も……、もう、もう、イ……――‼」

押し込まれ、身震いした。浴びせるように叩きつけられ、倫章の熱が限界に達する。

真崎の想いが激しすぎて、もはや、声も出なかった。

刹那、あうんの呼吸で真崎も放つ。

ドクドクッと脈打った直後、体内に灼熱が満ちた。条件反射で全身が戦慄《わなな》き、倫章は懸命に息を継いだ。

真崎が放ったものは、倫章の中に。

倫章が放ったものは、真崎の手に。

絶妙なタイミングでトイレットペーパーをスタンバイさせていた真崎の手に、遠慮なくぶちまけた。

体を起こして、真崎が言った。愛している…と。

十年目にして、ようやく白状してくれた。

頭の中も、目の焦点も、まだぼんやりとして定まらない。

どちらも放心状態で、無言で顔やら手やらを洗っていると、先に真崎が口を開いた。

「やりすぎたって、怒ってるか？」

トイレでのセックスか、それとも偽の披露宴のことか。もしくは、過去十年間の出来事を指しているのか。

どれも確かにやりすぎだ。だけど怒りの感情は微塵もない。倫章は肩を竦めた。

「俺が心配してるのは、この披露宴の行方だよ。お前の家族や親戚や、来賓とか媒酌人とか……。拍手と笑顔と、それにご祝儀まで無駄にさせたことが恐ろしいよ」

備えつけのペーパータオルを引っ張り出して手を拭きながら、真崎が片眉を跳ね上げた。

コイツがこういう表情をするときは、ろくなセリフが出てこないぞ。

「今世紀最高の美男美女のファッションショーを、豪華なフルコースつきで観賞できたんだぜ？　それに、国内最大の広告会社と、国内最大の航空会社。二大企業の重役同士の顔つなぎにも貢献できた。イベントとしても業務としても、文句なしだ」

ああ、やっぱり……。

返す言葉も見あたらず、無言で首を横に振ったら、ふいにトントン……と音がした。

「あ、しまった」と真崎。

「黒服、持たせたままだった」

えっ、と目を剥く倫章をよそに、「すぐ出ます」と、真崎がドアの向こうへ声を投げる。

「こっちのトイレは誰も使わないよう、見張りを立てておいたんだ」

どおりで誰もこないと思った…なんて、額の汗を拭っている場合じゃない！

「でで、でも、ってことは、俺たちの会話とか、その、し…してたこととか、黒服の彼に、筒抜けだったんじゃないのかっ？」

しどろもどろで青ざめる倫章など置いてきぼりで、真崎がさっさとドアを開けた。恐縮ですが…と身を縮めた黒服が、赤い顔をして待っていた。

「大変なお取り込み中、誠に申し訳ございません。まもなくご両親様への花束贈呈式ですので、ご用のほうも一段落されましたところで、そろそろ披露宴会場へお戻りいただいても……差し支えございませんか？」

ふうっと気が遠くなった。この遠回しな訊き方は、絶対全部筒抜けだ……。

思うに、彼は懸命にトイレのドア前で「警備」に当たってくれたのだろう。ここは危険です！　とかなんとか必死に言い訳しながら。プロフェッショナル、ここに極まれり…。

わかりましたと微笑で応じ、堂々と胸を張り、新郎・真崎史彦が退出する。反して倫章は身を縮め、コソコソと隠れるようにして続いた。人生最大の羞恥に見舞われて、膝のガクガクが止まらない。

いまにも失神しそうな倫章を見かねたのか、黒服がそっと耳打ちをくれた。

「披露宴当日の破談はさほど珍しくありませんから、お気になさらず」

きききききき、気にするよっ！


会場の外、金屏風《きんびょうぶ》の前に、両家両親、媒酌人夫妻と……そして本日の主役・新郎新婦が仲睦まじく並び、握手で来賓を見送っている。

結局真崎と頼子さんは、最後まで完璧に夫婦役を演じきった。

送賓のドンケツ、最後の握手は倫章だった。

「あらあら、倫章くん。今日はどうもありがとう。余興では、とんだ災難だったわね。でも、どうかこれからも史彦をよろしくね。頼子さんがお仕事でお留守のときは、見張り役とか、いろいろとお願いね」

真崎のお袋さんに手を引っ張って懇願される横から、ロマンスグレーの愛妻家・真崎の親父さんに肩を摑んで揺さぶられた。ずいぶんと顔が赤い。ひとり息子の祝いの日だ。酔っ払って当然だろう。

「おお、倫章！　次はお前の番だな。史彦の従妹と結婚しろ。前にも会ったことのある……ほら、美由紀《みゆき》だ、美由紀。美人になったぞ。どうだ、盛大な披露宴を挙げてやるぞ」

「……美由紀ちゃん、まだ中学生でしたよね？」

犯罪者になりたくないですと返すと、肩をバシバシ叩かれながら爆笑された。普段は威厳の塊のような親父さんが、今日は本当に幸せそうだ。

だからやっぱり、少し、申し訳なくなってしまう。

「いままでどおり史彦を頼むぞ、倫章」

「いつまでも仲良くしてあげてね。ふたりは親友ですもんね」

もちろんです、と返せたら、どんなにいいだろう。倫章はただ微笑みを返し、目を伏せた。そして、申し訳ありません…と心の中で謝罪した。

真崎とは、親友ではなく、恋人になっちゃいました。

俺はもう、貴方たちを困らせる存在でしか、なくなってしまいました。

でも俺は貴方たちのひとり息子を、誰よりも愛しています。

だから、いつか。きっと、いつか。

俺たちのこと――許してください。

媒酌人を一礼で労い、顔を上げてロビーに出ると、美男美女のカップルがこちらを見ていた。改めて間近で見ると、怖いくらい絵になるツーショットだ。

頼子さんが真崎から離れ、目配せした。どうやら内緒の話らしい。

頼子さんと腕を組み、倫章は列を離れた。絶世の美女に至近距離から顔を覗き込まれ、無条件に照れてしまう。

「倫章くん、怒ってる？」

意外な質問に目を丸くすると、ぺろりと舌を出されてしまった。こんなにも楽しそうな顔を前にしたら、誰だって自然に笑み崩れる。倫章は笑って否定した。

「真崎にも訊かれたけど、大丈夫。怒ってないよ」

「そ。よかった」

頼子さんは真崎を盗み見てから、悪戯っぽく倫章に耳打ちした。

「私ね、あの人にフラれたの。聞いたでしょ？」

「えっ…と」

どう答えるべきか、迷うところだ。

「でも、どう？　ウエディングドレス。似合う？」

「似合うどころの話じゃないよ。俺の知っている花嫁の中で、断トツに綺麗だ」

この質問には真顔の力説で即答した。ありがと、と笑われてしまったけど、でも本当のことだ。頼子さんの美しさは、倫章の貧困なボキャブラリーでは表現出来ない。

「やっぱり一度は着てみたかったの。両親も喜んでくれたし、もう思い残すことはないわ」

「じゃあ、また明日からは…」

「そう、晴れてフリーよ。I can fly !」

そう言って両手を広げる頼子さんに、気持ちがとたんに軽くなった。

ひとしきり笑った頼子さんが、目元に滲んだ涙を拭いながら、あのね…と倫章のタイを直しつつ言う。

「私ね、披露宴のおかげで、親のありがたみだけは判ったような気がするわ。こんなことでもしなきゃ、親の気持ちなんて考えないもの」

「…そうだね」

「今日一日だけの夢っていうのが、最大の親不孝だけど。…でも私、本当に楽しかった。いい旅をしたあとみたい。披露宴やって、よかったわ」

本人がそう言うなら、他人があれこれ口を挟むことではない。倫章はなにも言わず、大きくひとつだけ頷いた。

「ただ……史彦ほどの男に出会っても、やっぱり私の気持ちは変わらなかった。私の幸せは結婚じゃない。夫を支えて円満な家庭を…とか、夫の胃袋をしっかり摑んで…なんてスピーチされるたび、そうじゃない！　って反論したくてイライラしたの。だって、私の見たい景色は家の中じゃなくて外にあるんだもの。もっといろんな人と出逢って、いろんなことを学んで、自分の力を試したいの。それが私の幸せだって信じてる」

素敵だと思うよと正直に感動を伝えると、ありがと、と輝くばかりの微笑みをくれた。

「いつかは両親にも、そう言わせてみせるわ」

「……はは」

さすがは真崎と意気投合する女性だけある。頼子さんは強い。強すぎる。

「あなたたちも、これからが勝負よ」

付け加えられた一言に、背筋が伸びた。いつか認めてもらえたら…ではなく、認めさせることが出来るかどうか。それは今後の生き方にかかっている。

「やっぱり、あなたには負けるよ…頼子さん」

「私もあなたに負けたから、これでイーブンね。……あ、倫章くん。これ受けとって」

そう言って頼子さんがくれたのは、花嫁のブーケだった。黄色いバラの、明るい色の。

「男の人にウエディングブーケって変かしら。でも、似合うから」

新郎の胸のブートニアとお揃いよ、とウインクしてくれた頼子さん。……ありがとう。

「そうそう。私ね、明日カナダに出発するの」

「新婚旅行という名目の、海外旅行？」

「ええ。鈴木くんと行こうと思って」

「エエッ！」

ガバッとブーケから顔を起こした。ななな、なんで鈴木？　どうして鈴木っ⁉

驚愕している倫章に構わず、常識なしのキャビン・アテンダントがサラリと言う。

「彼、割といい線いってるわよね。話も面白いし、ギリギリ許容範囲かな。お色直しで中座してた間、ずっと口説かれてたの。あんまり熱心だからＯＫしちゃった」

「し、しちゃったって、頼子さん、あのね…っ！」

披露宴の最中に花嫁を口説く鈴木も鈴木だが、受ける頼子さんも頼子さんだ！　非常識が横行しすぎて、世の中の基準がよくわからなくなってきた。

ショックで開いたままの顎を、誰かがパフンと閉じてくれた。手の主は、本日の新郎・真崎史彦だ。訝《いぶか》しみながら、倫章たちを交互に睨《にら》んでいる。

「なにをふたりで盛り上がっているんだ。俺の悪口か？」

「あらご主人様、妬かないで」

頼子さんが真崎の首に両腕を回し、背伸びしてチュッとキスをした。こいつら、完全に遊んでいやがる。

「おい真崎、まがりなりにも一応夫だろう？　この奥さん、なんとかしろよ」

横目で睨むと、「最高の妻だろ？」と頼子さんの肩を抱いたから、意見を言うのが馬鹿らしくなった。

「ねえ史彦。あなたは明日からフランスだったわね。チケット取っておいたわよ」

会社の結婚休暇を利用して、別々でハネムーンとは。部長が知ったら、世も末だと嘆くに違いない。

「ああ、悪いな。…ということだから倫、お前は急性胃腸炎ということにしておけ」

言われて倫章は固まった。俺も？　と自分を指すと、当たり前だと真崎が頷く。頼子さんまで「あなたが行かなくてどうするのよ」と、ニコニコ笑っている。

「なんで俺が？　どうして俺まで……、だって、俺の…その、俺には仕事がっ！」

「頼子がふたり分のチケットを手配してくれたんだ。ありがたく頂戴しようぜ」

「お……っ、お前らなぁっ！」

こいつらの精神構造は一体どうなってるんだ！　真崎も、頼子さんも。ついでに鈴木も！

今日何度目かの憤怒に立ちくらみしている倫章をよそに、頼子さんは青いドレスの裾を翻《ひるがえ》し、友人たちの輪の中へ入っていく。鈴木がデレデレに鼻の下を伸ばしてカメラを構え、はいチーズ、と笑ってる。

そして。

ふたりは親友ですもんねと、真崎のご両親からお墨付きをいただいてしまった倫章はと言えば、花嫁のブーケを手に新郎の傍らに立ち、そんな光景を眺めている。

「……倫」

「ん？」

「お前、親友に戻りたいって言ったよな」

「うん、言ったね」

「ずっと気になっていたんだが、俺は、いつお前から、親友の資格を剥奪されたんだ？」

静かな問いかけだったから、倫章もゆっくり顔を起こした。仰ぎ見たのは、真崎の横顔。思わず溜息をついてしまうほどの凛々しさだった。

「俺とお前は、いまは親友じゃないのか？」

真崎の眼が、ゆっくりとこちらを向いた。少し眩しそうに目を細めて。

この表情には見覚えがある。高砂席から倫章を見つめていた、あの視線だ。いたわるような、包み込むような視線だった。

こんなにも優しい目で、いつも見守ってくれていたのだろうか。

こんな愛おしい想いに気づかず、ずっと反発していたのだろうか。

ごめんな、真崎。

「倫」

「…うん」

「お前は、俺にとって唯一無二の親友だ」

わかってるよと伝えたら、やっと安堵したのか、真崎が目尻を下げて頷いた。

「お前は俺の親友で、相棒で、恋人で、共に生きると決めた伴侶だ。お前が誰かに甘えたいとき、励まされたいとき。叱咤されたいとき、誰かの胸で泣きたいとき。その役目は、全部俺が引き受ける」

真崎の言葉が、心にストンと納まった。

込み上げてくるなにかを、倫章は懸命に我慢した。真崎を見つめていたいから、懸命に涙を堪え続けた。

「俺は、お前が必要とする全てでありたいんだ、倫章」

どうしたんだろう。真崎を見たいのに、よく見えない。

涙で、真崎の顔が見えない。

「だからもう、いちいち言葉で括《くく》ろうとするな。親友も恋人も伴侶も、お前は全部持っている」

胸元で握りしめたブーケに、涙がパタパタと音をたてて吸いこまれてゆく。

誰かが遠くで万歳を叫んでいる。おめでとう！　と拍手している。美しい花嫁と写真を撮りながら、楽しく盛り上がっている。

その一切が、この瞬間への祝福だと、いまだけでいい。思わせてほしい。

気が遠くなるほど長くて、呆気ないほど一瞬に過ぎて、そしてやっと辿り着いた十年目への記念に。

真崎と倫章の決意を、みんなが祝ってくれていると、思ってはいけないだろうか。

「真崎は俺の、全て……なんだな？」

「ああ、そうだ。いつでも俺は、お前の全てだ」

「俺が親友とバカやりたいときも、恋人に甘えたいときも、一緒に、穏やかに、いつまでも歩いていきたい未来にも……？」

涙を拭ってくれる手は、いつにも増して温かかった。

溢れる涙で瞳が潤んでいても、この手が誰だか倫章には判る。

傍らに感じる温もりは、いつだって、真崎史彦しかあり得ないから。


優しい拍手、祝福の歓声。

幸福に輝く光の中。

最高の笑顔で、真崎が頷いた。

そうだよ、と。

いつもそこには、俺がいる――――と。

いつも お前に恋してる

——また耳鳴りだ。

気圧にうまく馴染《なじ》めないらしい。さきほどから倫章《りんしょう》の鼓膜は、不快な圧迫感に襲われている。こういうときは「耳抜き」をすればいいとわかっているけれど、何度やってもうまくいかない。

ゆったりしたビジネスクラスのシートに凭《もた》れ、耳の穴に小指を突っ込んでいると、隣のシートから睨《にら》まれてしまった。

「さっきからごそごそと、一体なにをしているんだ」

不機嫌な声で唸《うな》ったのは、同僚かつ恋人の真崎史彦《まさきふみひこ》だ。

成田を発って、はや七時間。シャルル・ド・ゴール空港に向かう薄暗い飛行機の中で、真崎はただいま映画を鑑賞中だ。クールを装う真崎だが、じつはラブロマンスものにめっぽう弱い。いま観賞中の映画も、熟年男女の切ない不倫関係を描いた作品だ。

ただいま映画は、一番の見どころ。彼女の夫が不倫現場に鉢合わせした場面だ。

倫章は興味津々で真崎の顔を覗《のぞ》き込んでやった。視線が鬱陶《うっとう》しいのか、迷惑そうに前髪を掻き上げるのが、また面白い。

ヘッドホンをつけた横顔が、どこかのカリスマＤＪみたいだ。一流の俳優やモデルでも、ここまで人の目を奪わないだろう。

見惚《みほ》れていると、髪を掻《か》き上げていた真崎の左手が倫章の太腿《ふともも》へ伸びてきた。機内は暗くてこちらを見ている視線は皆無。それに、最前列だから死角でもある。

手を繋ぎたいなと一瞬思いはしたものの、公の場で、そんな大胆な真似はできない。なにせ恋人になって、まだ一日しか経っていないのだ。それに一般的な男女の恋人同士のように、公衆の面前で腕を組んで歩けるような関係じゃないのは最初からわかっている。

学生時代はいざ知らず、社会人になってからは、互いの体に接触するのはセックスのときだけに限られていた。だから、いざセックスに突入すると、やけに濃厚で密度が高く、ハードでコアなプレイになるのは、無意識の反動だったのかもしれない。

「抑圧が、そうさせたのかもな」

と結論づけて、倫章はひとり赤面した。

恥ずかしい妄想に反省している間にも、真崎は倫章の腿に触れたまま、映画の世界に没頭している。心臓で剛毛を栽培しているような男には、きっとわからないのだ。倫章はそっと溜息をついた。

「往きはヨイヨイ、帰りは怖いの心境だぜ」

聞こえないかと思って呟《つぶや》いたのに、なんだ？　と真崎がヘッドホンを外した。

「なにか言ったか？」

揉《も》むような手つきで腿を愛撫《あいぶ》してくる左手を、上からパシッと叩《たた》いてやった。

「仮病で有休使ってさ、そのうえ真崎の、なんちゃって新婚旅行に同行してることが部長にバレたら、俺、どうなると思う？　間違いなくクビだよな？」

当然の不安を口にすると、真崎はなにを思ったのか、突然倫章のカーゴパンツのポケットに手を突っ込んできたのだ。

「げっ！」

下品な声を発してしまい、倫章はとっさに両手で口を押さえた。

わかっていたはずなのに。真崎が「人の嫌がることを進んでやりましょう」という小学校で習う道徳を、『嫌がらせの推奨』だと曲解したまま、大人になってしまったことは。

「ちょっ…、やめろよっ！」

「溜《た》まっているなら抜いてやる」

ポケット越しに握られて、倫章は懸命にその手を引き抜こうとした。だが、しっかり手首まで入ったそれは、容易には抜けてくれない。

「欲求不満でストレスが溜まっているんだろう。遠慮するな。抜いてやる」

「誰もそんなこと言ってないだろっ！」

バカかお前は！　と怒鳴る代わりに、思いっきりつねってやった。途端、真崎が反撃に出る。ポケット越しに握っているそれを、いきなり扱き始めたのだ。

「わわわわわ……！」

機内でデニムはキツイと思って、ゆったりしたカーゴパンツに穿き替えたばかりだったのだが、こんな落とし穴が待ち構えていようとは！

「待て、待っ……、ちょっ、うわ…！」

「まだストレスが溜まってるようだな」

早くなる手を懸命に上から押さえつけ、倫章は必死で首を横に振った。

「たっ、た、たた、溜まってませんっ！」

「本当か？」

硬く変化したものを強く握られ、倫章はゴクリと生唾を飲んだ。頼むから…と息も絶え絶えに懇願すると、ようやく撤退してくれた。

「起きてもいない問題を勝手に創り上げて、いちいち悩むな。いまこの時間を楽しめないようなら、今度こそ公衆の面前で取り出して、強制的に扱くからな」

わかったな？　と念を押されて、倫章はコクコク頷いた。

真崎の言うとおりだとは思う。だが、乱暴すぎた指導のせいで、息子がしっかり目覚めてしまった。

震える倫章を横目で見て、真崎がぽつりと同情をくれる。

「抜いてこい」

「……言われなくても、そーするよ」

涙目で立ち上がると、倫章はやや内股でトイレに向かった。

そもそも水澤《みずさわ》倫章が、今日から八日間も仕事を放り出して飛行機の中にいるのは、真崎史彦のせいだった。

真崎と倫章の性の歴史の始まりは、十年前に遡る。

高校時代、真崎史彦と水澤倫章は大の親友同士だった。が、高校三年の夏休みに、親友として守るべき一線を越えてしまったのだった。

別に、女に不自由していたわけではない。その証拠に、真崎も倫章も……とくに真崎は、うんざりするほど女にもてた。

中学で童貞を捨てたという真崎は、持って生まれたフェロモンを武器に、女という女を股間の鎌でなぎ倒していたというのは、誇張ではなく本当の話だ。

中学時代に水泳で鍛えた九等身の肉体美は、幅広い肩からはじまる見事な逆三角形を描いている。キュッと寄せて上げたような臀筋は、さらに悩殺モノで恐れいる。真崎が古代ギリシャに生息していたら、歴史上最もたくさんの芸術家たちから寵愛《ちょうあい》を受けた彫刻モデルとして、後世に数多くの石像を残したに違いない。

真崎の欠点を十まで列挙したら、そのすべては性格のみで占められる。

傲岸不遜で高飛車で、外面が良くて我がままで、強引で一方的で、スケベでサドで自信過剰。おまけに、倫章以外の人間に対してはパーフェクトな好人物を演じるくせに、いざ倫章とふたりきりになると、凄まじいほどのエゴイストぶりを発揮するのだ。

倫章のちっぽけな人生は、もしかして真崎の欲求を満たすためだけに存在しているのだろうかと、錯覚ではなく、本気で嘆いてしまうほどに。

そんな真崎が昨日、ついに独身貴族を撤回した。

なんと真崎は、キャビン・アテンダントの高橋頼子《たかはしよりこ》さんと、結婚披露宴を挙げたのだ。

いくら自他共に認める鈍感男の倫章でも、目の前で幸せそうな姿を見せつけられては、イヤでも自分の心に気づくというもの。

そのおかげで倫章は、自分がどれほど真崎を必要としていたかを思い知らされた。

そしてついに、勢い余って、涙ながらに、なんと真崎に。

愛を告白してしまったのだ。

だがそれこそが、真崎の思うつぼだった。

両親に花嫁姿を見せたかっただけの、独身主義者・高橋頼子さん。倫章を泣かせてでも本心を引っ張り出したかった真崎史彦。互いの思惑で意気投合した美男美女の御両人は、披露宴終了後、当初の計画どおり笑顔で離縁の握手を交わし、翌日これまた計画どおり、別々にハネムーンへと出発した。

新婦・頼子さんは、倫章と真崎の同僚・鈴木《すずき》とともにカナダへ。そして新郎・真崎は、嫌がる倫章を強引に拉致してフランスへ。

よって倫章は本日から八日間、披露宴での心労が祟《たた》り、急性胃腸炎で入院していることになっている…と、これも真崎の筋書きどおり。

昨日の倫章は、十年来の情人との決別に涙する悲劇の来賓…のはずだった。ところが、いきなり王子をゲットしてフランス行きを獲得するという大逆転劇の最中にいる。それは確かに、得も言えぬ快感がある。あるけれど、そんな高揚感は成田を発つと同時に、すっかり萎えてしまっていた。

かわりに倫章を襲ったのは、未来に対する不安だった。

単なるセックスフレンドだと割り切って過ごした十年間の関係が、たった一日で百八十度ひっくり返ってしまったのだ。気持ちなんて、そんなに早く切り替えられるものではない。真崎みたいに開き直れないし、そう都合良く割り切れない。

ひとつだけ安堵《あんど》したのは、真崎の身辺を取り巻く女性たちに、気を遣う必要がなくなったことだ。だがそのぶんのイライラは、ふたりの関係が本格的になってしまったことへの畏怖に変わった。

フランス旅行から帰国すれば、山ほどの問題と対面することになるだろう。真崎の両親にも頼子さんの両親にも、まだ伝えていない「成田離婚」の事情と、披露宴に参列した来賓への弁明やお詫《わ》びなどなど。会社関係なんて、とくに気まずいことになったりしないかと心配は尽きない。

倫章がそれを口にするたび、真崎は先程のような態度で強引に断ち切ってしまうのだけれど、そこは十年来の親友だ。真崎の真意はちゃんと理解できている。倫章に気を遣わせまいとして、たいしたことじゃないフリをしてくれているのだ、真崎は。

でも、難題を抱えた恋人を放っておけるほど、自分はドライではないつもりだ。

それに、昨日の結婚披露宴で、強く思い知らされたばかりだった。真崎も倫章も、お互いをとても必要としていたことに。

肉体関係十年目にして、晴れて恋人のポジションに人事異動した旧・親友。これからは人前で本心を偽り、嘘《うそ》もいっぱいつくのだろう。そんな日本での日々を想像するだけで、やはり倫章は、不安から抜け出せなくなってしまう。

トイレから戻ると、CAが真崎に話しかけているのが目に入った。ドリンクを渡し、さりげなく顔を覗き込んで……CAが頰を染めて笑っている。ほら、以前なら「またやってるよ」と肩を竦《すく》めてやり過ごせたのに、たった一日で醜い嫉妬に変わってしまう。

無表情で座席に戻ると、なんだ？　という目で見つめられて、さらに気持ちがヘコんでしまった。

「…なんの下調べもせず来ちゃったから、俺、迷子になりそうだ」

「迷子になったら観光名所へ行け。間違いなく日本人に遭遇できる」

そういうことじゃなくてさ……。

「お前はいいよ。なにがあってもマイペースでさ」

言わんとしていることが伝わったのか、真崎が眉を跳ね上げた。倫章の腿に手を置き、トントンと優しい労いをくれる。

「倫」

なに、と窓の外に視線を投じたまま返すと、髪に指を差し入れられた。

「心配するな」

大きな手に頭を優しく揺すられて、倫章は黙って頷《うなず》いた。

もう少しで飛行機は、シャルル・ド・ゴール空港に着陸する。

なんだか、駆け落ちみたいだ。

旅は始まったばかりなのに、倫章ひとりが憂鬱な溜息を繰り返していた。


「…って、パリじゃなかったのか?」

フランスと言われて一般的に思い描くのは、エッフェル塔やシャンゼリゼ通りだろう。だから倫章は、機内でパリの情報誌ばかり読んでいたのだが。

「北駅から二時間ほど列車の旅だ。ベルギー寄りのリールという街で過ごそう」

「フランスって言われて、パリしか連想しなかった俺ってイメージ貧困?」

「広告会社の人間とは思えないほど、貧困だな」

ひでぇ…と項垂れる倫章の頭を軽く叩き、行くぞ、と真崎が顎をしゃくった。スーツケースを転がす真崎のあとを、倫章はボストンバッグひとつという軽装で追いかけた。

北駅は、列車を待つ人々で賑《にぎ》わっていた。九月中旬のフランスの夜は、思っていたよりずっと寒い。レザーのハーフコートのポケットに両手を突っ込んでいても指先が冷たい。ダウンでも着てくればよかった。

真崎が流暢《りゅうちょう》なフランス語で、リール行きの列車の出発時刻を駅員に訊《たず》ねている。日本語以外まともに話せない倫章は、そんな恋人を羨望の面もちで眺めるばかりだ。

長身の真崎に、黒いレザーのロングコートがよく似合っている。同素材の手袋が、大振りで話す真崎のしぐさを引き立てている。英国紳士と並んでも、まったくひけをとらない。

恋人の姿に見惚れつつ、倫章もいろんな国の人々に混じって両替の窓口に並んだ。いくら払えば、いくらになって戻ってくるのかを頭の中で計算していたら、両替屋のオヤジに怒鳴られてしまった。早くしろと言われたようで、慌てて紙幣を差し出した。

「大丈夫か、倫」

見ていた真崎に苦笑いされ、倫章はペロリと舌を出した。

「とっさに英語も出てこなくて、焦ったよ。フランス語って、東北弁に似てるよな」

知っているかぎりの東北弁を口々に言い合って、笑いながら駅構内へと進み、無事に汽車へと辿《たど》り着いた。

二十二時十三分発、北フランス・リール行きの列車の中は、湿った樹木の香りがした。ほとんど人がいなくて貸し切り状態の車両では、いつものように真崎が、倫章を進行方向窓際席へと誘導してくれた。

ようやく一息つき、なにげなく窓から外を眺めると、ホームで一組のカップルがキスしている場面が目に入った。彼も彼女も、倫章たちと同じくらいの年齢だろうか。

ふたりはそっと唇を触れ合わせ、一言なにか告げ、互いの瞳を見つめ合い、またキスを繰り返している。見れば、彼女は涙を流していた。

「なに見てるんだ?」

真崎に訊かれて、ほら…とホームへ顎をしゃくった。倫章の視線の先にある切ない光景に、真崎が黙って眼を細める。

ホームを照らす、黄色いランプの光に包まれたワンシーン。唇の温もりで互いの心を癒し合う恋人たちの涙と抱擁を、倫章は初めてのフランスの想い出として、胸の奥にそっとしまった。

列車は一度大きく揺れて、北駅を出発した。

さきほどの彼女が、ホームに佇んでいる。二、三歩列車に駆けより、手を振って。まだ泣いてる。もしかしたらふたりは、もう会えないのだろうか。まるで自分が永遠の別れを告げられてしまったかのような感傷が、胸を過《よぎ》って切なさが増す。

列車の揺れに任せて、向かいに座る真崎の膝の間に両脚を割り込ませてみた。倫章の目の前には、真崎がいる。真崎は絶対に消えたりしない。倫章の手の届くところにいてくれる。それを確かめたくて、とても触れたくなってしまった。

真崎はなにも訊かず、長い両脚で倫章の脚を挟んでくれていた。


リン…と呼ばれて、自分がぐっすり眠っていたことに気がついた。

いつの間にか、隣に移動していた真崎に凭れて熟睡していたようだ。

「着いたぜ、倫」

「……ああ、寝ちゃったか。勿体《もったい》ない」

「勿体ない？」

「ＴＧＶに乗ったら、車窓から見える景色をナレーションしてみたかったんだ」

半分寝ぼけたまま返したら、子供みたいだな、と笑われてしまった。

「どうせ真夜中で、なにも見えなかったぜ。景色は明日ゆっくり楽しもう」

頷いて体を起こし、あくびまじりに伸びをして、もう一度真崎の肩に頭を預けてボンヤリしていたら、いきなりガタンと列車が停まった。再び動き出す気配はない。故障じゃなく、こういう荒っぽい停車方法のようだ。そういえば出発のときも、やたら大きく揺れたっけ。

リール駅は終点だった。北駅と同じ高い屋根に覆われた構内は、開放的でとても広い。改札口の大時計によると、時刻は夜中の十二時十五分。この駅で降りたのは、倫章と真崎のふたりだけだ。

ホームの突き当たりに、公衆電話がふたつある。真崎がそれにコインを入れ、手際よく帰りの飛行機の予約確認を済ませてくれた。

リール駅を出ると、冷たい風が右からひとつ通り過ぎた。首を竦めて前方を眇《すが》め見ると、石畳の田舎街が、薄闇に静かに出現した。

「うわぁ…」

無意識に感嘆を漏らしてしまった。勘違いしたのか、真崎が苦笑で探ってくる。

「なにもない街で、がっかりしたか？」

「がっかり？　まさか。その逆だよ」

白い息を吐きながら、倫章は目の前の穏やかな風景を見渡した。

ゆったりとカーブを描く石の道は、オークル系の淡灰色で統一されている。見渡す範囲の建物のほとんどが同じ色調のせいか、果てしない奥行きと深さが感じられ、街全体が夜の時間にしっとり溶けこんでいた。よけいなものが、なにひとつない。

「初めて来たとは思えないほど、親しみを感じるよ。見ているだけで、とても落ち着く」

「まるで街全体が、寝息をたてているみたいだろう？」

「うーん、キャッチコピーとしては七十点かな」

茶化すと、真崎が肩を揺らして笑った。

わずらわしいネオンも高層ビルも高速道路も、この街にはない。あるのは安らかな静寂だけだ。

日本での倫章は、広告サービス業などという忙しい業種で、これまた超多忙なマーケティング局に属している。そのせいか、時折ふと、誰にも会いたくないと思う瞬間がある。そんなとき、たいてい倫章は真崎の部屋に転がり込み、ほとんど口もきかずに、一日中ボーッと過ごすのだった。

賑やかな観光地ではなく、このリールを選んだ真崎の気持ちがわかる気がした。

「いいところだな、とても」

素直な思いを口にすると、真崎が安心したように目を細めた。

徒歩五分のホテルに向かう途中ですれ違ったのは、犬が二匹と車一台だけ。東京みたいに居酒屋をハシゴする会社員や、夜遊びに耽《ふけ》る若者の姿はない。

途中、通りの脇から漂ってきた異臭に、倫章は思わず呼吸と足を止めた。甘いのか酸っぱいのか、腐っているのかどうかも不明な強烈な匂いだ。顔をしかめると、真崎が楽しげに解説をくれた。

「ここのシェーヴルが最高にうまいんだ。クセはあるが、一度食べると病みつきになる」

おや？　と倫章は眉を跳ね上げた。

「まさか真崎、この店に来たことある…とか？」

半信半疑で訊いたのに、もちろんだと頷かれてしまった。

「ここはチーズの専門店だ。入社一年目の研修で、お前が福岡へ行ったとき、俺は…」

「パリだった、だろ？」

ムッとして即答してやった。そうだった。真崎は同期入社のメンバーの中で、もっとも業績を上げたとして、一カ月の海外研修を獲得したのだ。倫章はと言えば、目標未達成で国内だった。宿泊先はホテルではなく、なんと会社の保養施設だ。

「俺たち福岡組なんて、散々だったぜ？　食堂のメシがマズイのなんの。研修後に体重が三キロも落ちてたんだぜ？　お前はいいよな、花のパリで。自由行動も何日かもらえたんだろ？」

「ああ、五日間だ。そのときに、リールまで足を延ばしたんだ。次にこの街を訪れるときは、絶対にお前を連れてこようと決めていた」

え？　と訊き返すと、着いたぜと背中を向けられてしまった。言った本人が照れると、言われたほうはもっと恥ずかしい。意外に可愛い真崎の態度に、ふふ…と笑みを漏らしてしまった。

チーズ店から十メートルほど進んだ先に、こぢんまりとしたホテルが建っていた。ここだ、と真崎が足を止める。声が懐かしさで弾んでいるから、すぐにわかった。当時、真崎が泊まったホテル？　と訊くと、ああ、と頷いてウインクした。

「国内組のお前に、海外研修の思い出をお裾分けしてやるよ」

「それはそれは、ありがたいことでございます」

チェックインは夜中になると前もって報《しら》せてあったようで、狭いカウンターの中では、気の良さそうな金髪のホテルマンが、笑顔で旅人を迎えてくれた。

ドアマンもポーターもいない、小さな古びたこのホテルを、倫章はひとめで気に入った。両手で握手の熱烈な歓迎に、ふたりしてブンブン振り回されながら、ほうほうのていで逃れてキィを受けとった。ウェルカム・ドリンクだと言って渡された白ワインのボトルが嬉《うれ》しい。

ホテルマンにボン・ニュイと手を振って、エレベーターに乗り込んだ。

三階を押し、扉が閉まったそのとたん、真崎の顔が視界に被さった。反射的に引いてしまった倫章の腰に逞《たくま》しい腕を巻き、有無を言わせず真崎が唇を塞いできた。

ドアが開く。倫章は慌てて顔を離した。本音を言えばずっとキスしていたかったけど、誰が乗り込んでくるかわからないから。

だけどそんな心配は無用で、廊下には誰もいなかった。物音ひとつしなかったから、エレベーターを降りても倫章は肩を抱かれたままでいられた。倫章も真崎も、どちらも声を発することなく、荷物とともに部屋を目指した。

真崎に言えば叱られるかもしれないけれど、このとき倫章は、初めて女の子とラブホテルに入った遠い日の緊張感を思い出していた。

互いの呼吸の音まで気になって、相手の声も顔もわからなくなって、全身の血管がドクドク熱く脈打っていた、あの初々しい過去の記憶を。

いま倫章は、真崎を猛烈に意識している。ふたりの間に漂う沈黙が、時間をスローに進行させている。すぐそこにある部屋のドアを、やたら遠くに感じてしまう。早くなるのは心音ばかりだ。

もう何年も肌を合わせている相手なのに。どうしたのだろう。初恋みたいに息苦しい。緊張で心臓が破裂しそうだ。

真崎が真鍮《しんちゅう》のキィを鍵穴に挿し込み、回した。いまどきカード・キィじゃないなんて。ガチャッという重い音が廊下に響く。倫章はふいに泣きたくなった。早く部屋に飛び込みたい。一刻も早く抱きしめてほしい。このドアの向こうでなら、堂々と恋人同士でいられる。早く、早く…と気持ちが急《せ》いて、胸がつまった。

ドアが開いた。先に倫章を促して、真崎が背後でドアを閉め、ロックした。倫章が振り返るより早く、背中から抱き竦められていた。

欲しかった温もりに包まれて、倫章は安堵して目を閉じた。やっぱり真崎だ。思っていることは同じだった。

胸の前に回された真崎の腕をギュッと抱きしめると、ただそれだけで涙腺が崩壊しそうになった。名を呼ばれ、倫章は黙って何度も頷いた。

「やっと着いたな、倫」

「長かったね。いろんな意味で」

「ああ。長かった。だが、もう我慢は終わりだ」

「うん…」

首筋に押しつけられたのは、唇。髪に鼻先をこすりつけながら、倫…と掠《かす》れた声で囁かれ、目の前のベッドへ導かれた。ツインの部屋の、それでもベッドはダブルサイズだ。

「倫章……っ」

真崎の声の切実さが、倫章の心に火をつける。

口を開けば厭味《いやみ》や悪口ばかりだった。単なる腐れ縁だと開き直っていた。恋とか愛なんて介在しない、慣れ合いの関係だと信じていた。

それなのに、たった一日で、それらを全部失った。代わりに手に入れたのは、愛。守りたいものが出来た瞬間、倫章は臆病者になってしまった。

真崎を失うのが怖いから、全身全霊で縋《すが》ってしまう。

「真崎、真崎、真崎っ」

「倫…、倫章!」

バカのひとつ覚えみたいに、互いの唇を貪り合った。飲み込む勢いで舌を吸いながら、引き剥ぐように服を脱いだ。

どちらも呼吸は乱れていた。かつてないほど興奮していた。早く、一秒でも早く肌を合わせなければ、気が変になりそうだった。

先にすべてを脱ぎ払った真崎が、まだモタモタしていた倫章の下着を一気に下げた。唇は、しっかり密着させたままで。

倫章の屹立《きつりつ》を愛撫する真崎の指に、茂みが絡みついてしまった。いてっ、と声を上げると、キスしたまま真崎が笑った。

文句を言ってやるつもりが、倫章までプッと吹きだしてしまったものだから、張りつめていた糸がグニャリと弛《ゆる》んだ。

笑いながらキスを浴びせた。下唇を啄まれたから、上唇に嚙《か》みついてやった。

なにを焦っていたのだろう。時間はたっぷりあるのに。旅行はいまスタートしたばかりなのに。

ふたりはやっと、恋を始めたばかりなのに。

額と鼻をこすりあわせ、何度も何度も唇を合わせた。肌を全身で探りあって、ベッドの中に潜りこんだ。部屋はちょっと寒いけど、きっとすぐに暖かくなる。

唇が腫れあがるほどキスした続きで、互いの素肌に接吻した。肩を、乳首を、ヘソを伝って、互いの腿へと到達した。

真崎の硬い臀筋の手触りを楽しみ、濃い密毛を掻きわけ、熱くて太い杭《くい》を口に含むと、ようやくいつものポジションにつけた気がしてホッとした。

倫章は奥歯で真崎の先端を甘噛みした。歯ごたえも、弾力も、味も匂いも大きさも、いつもの真崎だ。倫章のことを翻弄してばかりの、ワガママで強引な真崎史彦だ。

真崎も温かい口に、倫章を含んでくれている。押しよせてくる快感は馴染みの感覚で、心の底から安堵した。飛行機の中で感じていた諸々の不安なんて、いまは微塵も感じない。

ずり落ちるベッドカバーを何度も引っぱり上げながら、恋人記念の初セックスを心ゆくまで堪能した。


どこからともなく漂ってくる香ばしい香りは、バゲットだ。

コーヒーの香りも混じっている。窓辺では鳥がさえずっている。シーツがさらさらして気持ちがいい。ここ、どこだっけ。

そっと瞼《まぶた》を開くと、木枠の窓が目に入った。

そうだった……と、倫章は思い出した。ついに真崎と恋人同士になったんだ……。

眠い眼をこすりつつ、ベッドの中から窓の向こうを見上げると、グレイがかった朝の空に、レンガ色の屋根が見えた。窓の下の石畳を誰かが歩いていく音が、建物に優しく反響している。

まるでフランス映画のワンシーンみたいだ。ただひとつ変わらないのは、倫章の背中にくっついて眠る男の温もりだけ。

倫章の首の下にはいつものように、枕代わりの真崎の左腕がある。右手は毛布の中で、倫章の腰を軽く抱き寄せている。

子供のころは、右腹を下にしなければ眠れなかったはずだった。なのにいつからか、こうして左を下に、真崎を背に、抱かれて眠ることを覚えてしまった。もう何年も変わらない、ふたりならではの定位置だ。

真崎が身じろぎした。起きるのかな、と思ったら、右腕でしっかり倫章を抱え直して、また寝入ってしまったようだった。

朝だからか、真崎は少し勃っていた。倫章の腿の付根で蹲《うずくま》っているそれは、頭打ちになっていて窮屈そうだ。

少し脚を開いてやると、間にヒョコッと入ってきた。股間に真崎を挟んだまま、デカいよなぁ…などと改めて感心してしまった。愛しいなと、つくづく思う。コイツはいつも、ふたりの架け橋になってくれるのだ。ゆうべだって、時差ボケをものともせず頑張ってくれたし。偉いぞ。

毛布の中に右手を潜《もぐ》らせ、脚の間から顔を出している真崎の息子の乾いた頭を、そっと撫《な》でてやった。真崎が背中でピクッと動き、ふぅ……と長い息を吐く。

「何時だ?」と眠そうな声がした。眠るときにも時計を外さない真崎の左手首を引きよせて、時計の針を拾い読む。

「十時七分だよ」

さっきより大きな溜息をついて、真崎が仰向けになろうとする。倫章の脚の間に挟まっていたそれを、いてて…と唸って抜いた。

「モーニング、もう終わっちゃったかな」

起きあがろうとすると、腰に巻きついてきた腕に股間をキュッと摑まれてしまった。

「このクロワッサンでも食うか」

笑ってしまった。ロールパンと言われなかっただけ、まだマシだけど。

「俺は真崎のバゲットがいいな」

真崎の笑いを背中で受けながら、倫章はゆうべから床に脱ぎ散らかしたままだった真崎のシャツを拾って腕をとおし、ベッドから降りた。

窓際のもう一台のベッドを使って、自分のボストンバッグを開ける。ゆうべ貰《もら》ったウェルカム・ワインを発見し、備え付けのオープナーで栓を抜き、グラスに注いだ。

「空きっ腹に呑《の》むと、悪酔いするかな」

ベッドの端に腰かけてスーツケースの中身を物色している真崎に、どうぞ、とグラスを差し出した。

シャツのボタンを留めていなかったから、上げた真崎の目の前にクロワッサンを晒《さら》してしまった。噛みつくまねをした真崎が、笑いながらグラスを受けとる。

「真崎、ゆうべからよく笑うよな」

「お前もな」

言いながら、真崎が自分の腿をトントンと叩いた。跨れと命じられて、倫章は快く従った。真崎に向き合い、首に腕を回し、仰せのままに脚を広げて座ってやる。

腰を引き寄せられ、半勃ちの息子同士が密着した。朝の挨拶にしては濃厚だ。

する？と一応訊いたものの、とりあえず先に乾杯したいなと伝えると、真崎が苦笑で賛同した。

「じゃあ、十年の熟成期間を経て、ようやく解禁となった美酒に」

「それって真崎、ゆうべのチーズ屋よりクサいぞ」

間髪入れずに返してやると、真崎が笑ってグラスを掲げた。呑んで、キスして、また呑んで、またキスして。

いちゃいちゃしながら呑み干したウェルカム・ドリンクは、じつに芳醇《ほうじゅん》な味わいだった。

さて、朝っぱらから一戦交えてしまった二時間後。ホテルのモーニングサービス・タイムには当然のごとく間に合わず、空腹を抱えて外に出た。

早速隣のチーズ店を訪ね、たちこめる匂いに圧倒されながら試食を楽しみ、買ったシェーヴルとチェダーを囓《かじ》りながらレストランを探した。

深夜にリールに到着したときは、駅前通りがメインストリートかと思っていたけれど、一歩奥に入れば広場を丸く囲んで、グリーンやボルドーのキャンバス地のひさしをつけたオシャレな店が並んでいた。人も多くて、なかなかの賑わいを見せている。

「せっかくだから、テラスで食うか」

真崎の提案に、倫章は迷わず賛成した。東京では、排気ガスが気になるオープン・カフェでのランチも、こんなに空気が澄んでいる場所でなら大歓迎だ。

レストランの店内に、真崎が声をかける。六つほどあるテーブルのひとつを指すと、ブルネットのウエイトレスが笑顔で頷いてくれた。愛想が良くて、なかなかの美人だ。

石畳の路上、ギンガムチェックのクロスが敷かれた丸テーブルのひとつに陣取り、周囲の景色を楽しんだ。ここの両側の店も、その向こうも、ランチタイムで賑わっている。

さっきのブルネットを期待していたら、メニューを持ってやってきたのは、黒いベストが哀れなくらいムチムチに太ったウエイターだった。二重アゴが三重に裂けたかと思うと、

同じことを考えていたらしい。

「そこ、口だったのか」

こっそり呟いたら、真崎が肩を震わせて笑った。同じことを考えていたらしい。

難解なジェスチャーを連発しながら、ウエイターがメニューを開いてまくし立てる。どうやらお薦め料理があるらしく、真崎のオーダーにも「ノン」と言ってきかない。とうとう真崎が折れて、じゃああなたのお薦めを…と、苦笑で白旗を掲げた。

アミーゴ！　と叫んだウエイターが、真崎の肩をパンパン叩く。フランスでもアミーゴって言うのか？　倫章が爆笑すると、まわりの客まで大笑いした。真崎まで口元を押さえて腹を抱えている。初対面で真崎を笑わせるなんて、アミーゴ、偉い！

アミーゴお薦めのムール貝のワイン蒸しとバゲットサンド、ピッツァ、アーティチョークのサラダと、そしてハウスワインの白。アミーゴは満足げにウインクして、踊るように店内へ戻っていった。

「アミーゴ、なんだって？」

「この店ではムール貝以外に、自慢できる料理がないんだそうだ」

またしても大笑いしていると、アミーゴは右手にワインキャラフ、左手にグラスをなぜか三つ持ち、大声でシャンソンを歌いながらやってきた。ノリはほとんどオペレッタだ。

アミーゴは、よほど日本人観光客が気に入ったのか、それとも普段からこうなのか。グラスにワインを注ぐと、またもや「アッミーゴ！」と叫んで、三つ目のグラス……マイ・グラスだったようだ……を高々と掲げた。とたん、他の席からも喝采があがり、全員で祝杯を掲げた。

なんだかよくわからないけど、異国人を心から歓迎してくれるこの街に、倫章は大いなる親しみを抱いた。

さて、かなりもったいぶって登場したムール貝は、さすがに自慢料理と言うだけあって、日本では決してお目にかかれないほど粒が大きく、新鮮だった。

そのうえ量もパンパじゃない。ボールに山盛り入っている。大サービスに真崎が感謝を伝えると、これで普通の一人前だとアミーゴに教えられ、唖然《あぜん》とした。

いつのまにかアミーゴは、倫章たちの席で酔っ払っていた。真崎に赤ら顔を寄せ、なにか耳打ちしている。真崎がチラリと倫章を盗み見て、小声で返している。オオッと大袈裟《おおげさ》に驚いたアミーゴが、倫章にワインを薦めてきた。わけも判らず「メルシィ」とお礼を言い、笑顔でアミーゴと乾杯した。

たっぷり二時間かけてしまった大満足のランチを終えて腰を上げると、アミーゴの両腕に捕獲され、熱烈なほっぺたキッスを頂戴してしまった。助けてくれない恋人はと言えば、ブルネットにチップを払っていて……なぜかキスまでされている。真崎だけ美人とキスなんて、ずるいぞ。

行くぞ、と真崎に促され、アミーゴたちに手を振って店をあとにした。

酔った頬に、冷たい風が心地いい。ひんやりした指先を頬に当てていると、真崎が手袋を片方貸してくれた。空いた右手は、真崎の左手にしっかりと握られている。

「……これはちょっと、恥ずかしくないか?」

「どこがだ?」

シレッと言われて、ぽかんとした。鈍感もいいところだ。

「恥ずかしいだろ? 男同士で…」

俺たちは恋人同士ですって、公言して歩いてるようなものだろうが。そう抗議したかったのに。

「似合いの夫婦だそうだぜ」

「は?」

なんのことだと目を丸くすると、アミーゴの店に向かって真崎が顎をしゃくった。

「さっきのオヤジに観光かと訊ねられたから、ハネムーンだと返しておいた」

倫章はその場で石になりかけたが、真崎がズンズン先に進むものだから、硬化時間はもらえなかった。真崎がさらに追い打ちをかけてくる。

「すごい美人だって、ベタ誉めだったぜ」

「誰が?」

「アミーゴが」

「誰を？」

「お前を」

「……俺、一応男なんだけど」

「アジア人は年齢不詳だからな。性別不明もあり得るさ」

倫章は頰を膨らませた。まったく失礼極まりない。

行こうぜ、と手を差し出された。躊躇《ちゅうちょ》していると、なかば強引に手を取られ、しっかりと指を絡められてしまった。

ベッドの中ならなにをされても平気なのに、太陽の下だとこんなにも落ち着かない。いくら恋人に昇格したと言っても、人の感情は生ものだ。切り替えには時間がかかるし、いきなりのオープンは気持ちが引く。

迷いながらも倫章は真崎の指をほどき、コートのポケットに両手を隠して防御した。

「なぜ逃げる」

「いや、別に」

ランチタイムが終わって、街には人が溢《あふ》れていて、それでなくても真崎は国内外問わず目立つ容姿で……あ、ほら、ブロンドヘアの子たちが振り返っていった。

「言いたいことがあるなら言え」

真崎が不貞腐れている。まるでいつもの真崎らしくない…と呆《あき》れたとき、ふと気づいた。もしかして真崎は、甘えているのだろうか。恋人同士という関係に。

「お前、オヤジ・アミーゴに触発されたな？」

「どういう意味だ？」

「いや、別に」

ハネムーンという思いつきに、真崎は自分で酔ってるのだ。カワイイな、もう。気づいてしまえば照れくさくて、拗《す》ねる真崎がおかしくて、軒を連ねる専門店街へと視線を逃がした……ら。

視界に、それが飛びこんできた。

ショーウィンドウの向こう側で、陽の光を浴び、キラキラ輝く小さな……それ。

「なぁ、真崎」

倫章は唐突に切りだした。

「一時間だけ、自由行動にしないか？」

訝《いぶか》しんで見下ろす視線に、心配するなと微笑み返すと、しぶしぶ頷いてくれた。

すぐ目の前にカフェがあったから、そこで四時に待ち合わせすることにして、互いの時計の時刻を合わせた。なぜなら倫章の腕時計は、まだ日本時間を刻んでいたから。

別れ際にキスでもされやしないかと反射的に身構えたら、真崎は案外あっさりと路地の向こうへ姿を消した。

「さて、と」

ひとりになったとたん、少し解放感を覚えてしまったことは真崎に内緒だ。

倫章は早速先程のショーウィンドウに近づき、ガラスに顔を近づけ、店内の様子を偵察した。お客は……ゼロ。カウンターの中に強面《こわもて》のスタッフが約一名。商品は見てみたいけれど、この中に入っていく勇気も言語能力もない。

どうしよう…と困り果てて周囲を見回し、あ、と目を見開いた。石畳に薄い影を落としている建物に、見覚えのある看板が掲げられていた。なんと、プランタン・デパートだ。

リールにプランタンがあったなんて、知らなかった。

「やっぱり、こういうときはデパートのほうが気楽だよな」

よし、と頷いて身を返し、脇目も振らずにプランタンを目指した。

じつはさっき倫章が閃《ひらめ》いたのは、真崎へのプレゼントだった。それも、なんと、指輪だったりするのだ、これが。

真崎がそんなにハネムーン気分に浸りたいのなら、小道具としてあってもいいのかも…と。それに指輪なら、真崎のサイズを間違えない自信がある。真崎の指にはしょっちゅう触っているし、毎晩あの指にはイヤというほど泣かされて………以下省略。

辿《たど》り着いたジュエリーコーナーで、迷いに迷った倫章は、やはり結婚指輪にしようと決意した。最初は真崎の分だけを買うつもりだったけれど、「ごっこ」につき合うのもいいかもしれないと思ったのだ。日本では、一度も填めることなどなくてもいいから。

四十半ばのブロンドのマダムに、遅ればせながらボンジュールと挨拶して、左手の薬指の根元を指した。マダムが上品な笑みを浮かべ、カウンターのイスを示してくれる。

「やばいな。急にドキドキしてきたぞ」

考えてみたら、真崎にプレゼントするなんて初めてかもしれない。

真崎はよく、ついでだから…と、倫章にシャツや下着を買ってきた。そのたびに倫章は、まだムダなものを…と呆れていたけれど、思えばあれは、遠回しなプレゼント攻撃だったのかもしれない。だとしたら、なんとも健気《けなげ》な男だ。

でも、つい買ってしまう真崎の気持ちが、いまならとても理解できる。相手の反応を思い浮かべるささやかな緊張感が、なんだか、とてもわくわくするのだ。

プレゼントを渡したら驚くかな…とか、喜んでくれるかなとか、どんな顔するかなとか。想像するだけで、こんなにも幸せな気分になれる。真崎もいままで、こんな気分でプレゼントを選んでくれていたのだろうか。だとしたら、すごく嬉しいけど、そんなふうに思われていたことが妙に恥ずかしくて無性に照れくさい。

初めて味わう感情を楽しんでいる間、マダムはさまざまなデザインのペアリングをチョイスして、倫章の目の前に並べてくれた。

最初は燻《いぶ》しや彫り物のある、凝ったデザインのものを薦められたけど、倫章が横に首を振り続けていると、よく外国映画でやるように人差し指をピンと立て、クイッと眉を上げてみせた。とっておきのがあるわ――そう言われたような気がした。

彼女は一度奥へ引っ込むと、やがてビロードの小箱を手に戻ってきた。

箱の中には、リングがふたつ。18金とプラチナのコンビで、すっきりと二本の線を描いている。見てすぐに、これだ！　と思った。シンプルさがひとめで気に入った。これなら真崎も、きっと気に入るに違いない。

マダムは紳士用リングを倫章の指に合わせてくれた。倫章の指がそれより細いと知ると、残念そうに両手を広げて肩を竦めた。でも、これなら真崎の指にぴったりのはずだ。

じつはペアリングの小さいほうが自分用で、大きいほうを恋人に贈るのだとは、敢《あ》えて説明しなかった。ただ、これが欲しいとだけ伝えた。

サイズはこのままでいいから、日付とイニシャルを入れてもらえないかと訊いてみた。簡単なことだ。指輪の内側を指さして、メモ用紙に、入れてほしい数字とアルファベットを書くだけで充分通じる。

マダムと工房との電話のやりとりは、すさまじいものがあった。どうやらイニシャルなどは外注先の工房で彫るらしく、仕上げには一週間かかるのだとか。彼女は壁のカレンダーを指しながら、実況中継してくれた。

たっぷり五分を費やした電話攻防戦のあと、マダムは「してやったり」の笑顔で振り向き、受けとり伝票を両手で手渡してくれた。仕上がりは、なんと明後日の午後五時。

通りすがりの観光客のために、工房と言い争いまでしてくれたマダムの心遣いに感謝して、倫章は深々と頭を下げた。

真崎は四時を少し回ってから、約束のカフェに姿を現した。

ロングコートの襟《えり》を立てた上から、パープルグレイのマフラーを巻いている。リールの石畳と同じ色合いが、なかなかシブイ。買ったのかな。似合うじゃん。

窓際席でカフェオレを啜《すす》っている倫章を見つけると、真崎はマフラーを外しながら店内に入ってきた。カフェノワール、と歩きながら注文し、コートを脱いで向かいの席に腰をおろした。

「充分に羽は伸ばせたか?」

やってくるなり厭味をお見舞いされてしまった。プランタンに行っただけだからとは言えなくて、まぁね、と言葉を濁しておいた。

「待たせたな、ぐらい言ってほしいね」

カフェオレのカップ越しに睨みつけると、真崎は額に落ちてくる前髪を鬱陶しげに掻き上げている。どうやら走ってきたようだ。その前髪に免じて、五分の遅刻は許してやろう。

「で、どこへ行ってたんだ？」

「内緒」

きっぱり返すと、真崎があからさまに眉を寄せた。変なやつ。いつもの冗談なのに、なにをひとりで怒っているのやら。

カフェを出ると、さっきのマフラーをヒョイと首に巻かれた。この肌触りはカシミヤだ。それも、かなり上質の。そういえば真崎は日本でもこんな感じで、なんだかんだと倫章のクローゼットの財産を増やしてくれた。

ふと、倫章は足を止めた。前を行く真崎の背中を見つめ、自分に疑問を投げかける。

ありがとう――って、一度でも伝えたことがあっただろうか？

考えてみれば倫章は、真崎が想い続けてくれた十年間にも、自分が真崎を好きだった年月にも気づけなかった鈍感男だ。いまだって真崎には言葉を求めておきながら、自分は真崎に感謝の言葉を伝えていない。

相手は真崎史彦なんだから、どんな態度をとっても平気だと……真崎が倫章のことを嫌うわけがないと全面的に安心しきって、感謝なんてしたことがなかった。

恋人というポジションに就任して初めて、真崎の気持ちを考えようという意識が芽生えたらしい。逆に言えば、そういうポジションに就かなければ、真崎を大切にしようとは思わなかったということになる。

「どれだけ甘えてたんだろう、俺」

自身の態度を振り返り、いまさらながら倫章は、ほんの少しヘコんでしまった。

夕刻のリール駅前は、深夜の静けさからは想像できないほど、客の乗降でごった返していた。

日が暮れるまで、倫章は真崎とウィンドウ・ショッピングやノミの市を満喫した。読めもしない古ぼけた聖書を一冊買って、気づけば街は、すっかり夜になっていた。

路上に連なる街灯が、やけに眩《まぶ》しい。不思議に思って顔を上げ、倫章は小さな感嘆を漏らしていた。

「うわ……」

綺麗《きれい》だな、と真崎が呟く。ああ、と倫章も頷いた。

広告塔や派手なネオンなどひとつもない街の、狭い通りの両脇の、向かいの屋根からこっちの屋根へ。まるで吊《つ》り橋のように渡されたイルミネーションが、優しい光のラインを描いていた。

ほぼ十メートル間隔で架けられているそれは、通りによってデザインが異なるから、夜空に輝く模様も違う。星だったり花だったり、リール市のシンボルマークだったり。小さな電球の点滅は、さざ波のように優しくて穏やかだった。

しばらく寄り添って、星や花たちの瞬きの下をゆっくり歩いた。真崎の手が指に触れたけれど、繫《つな》がれてしまう前にそっとコートのポケットに隠した。

するとふいに肩を抱かれた。視界が暗くなった…と思う間もなく唇を塞がれた。

刹那、倫章は真崎を突き飛ばしていた。嫌っているわけでは、もちろんない。ただの条件反射だ。

ごめん……と口にしかけた言葉を、だが倫章は呑み込んでしまった。

真崎が一歩後退し、倫章と距離を置いたから。

真崎の反応に戸惑ったのも束の間。明らかな失望の視線に耐えきれず、倫章はせっかく素直に謝りかけた感情を、逆方向へ吐き出してしまった。

「言いたいことがあるなら、言えよ」

「言わなきゃ、わからないのか？」

「わからないから訊いてるんだ。真崎だって、いつも俺にそう言うだろ？」

そうか、とも、だから？　とも返してくれず、真崎がくるりと背中を向けた。

「夕飯にしよう」

「…え？」

唐突に言われて、置いてきぼりを食らってしまった。

「行くぞ」

「あ…、うん」

いままでと、なにかが違う。

昨日までの真崎なら、突然話を終わらせたりしない。しつこいくらい厭味の連打で、倫章が参ったと言うまで攻撃してくるはずだ。

どうしていいかわからず呆然《ぼうぜん》と突っ立っている間にも、真崎が先へ行ってしまう。とりあえず倫章は、急ぎ足でレザーコートの背中を追いかけた。レストランに着くまで、真崎との間の距離は一向に縮まらなかった。心の距離も同様だ。

一軒の家庭料理店の前で、とりあえず真崎は待っていてくれた。息を乱した倫章がようやく辿り着くと、なにも言わずにドアを押し開け、中へ入る。締まりかけたドアを慌てて支え、倫章も店の中へ入った。

木で組まれたテーブルとベンチ、カウンター。天井からぶら下がっているのは、いまどき珍しいオイルランプだ。

地元の人だろうか、みんな和気あいあいと酒を酌み交わし、会話を弾ませている。

中程のテーブルに案内され、真崎と向かい合わせで腰を下ろした。お薦めだというラザニアと、魚料理を一品とデザート、そしてハウスワインが今夜のディナーだ。

食べ終わるまで倫章は一言も口を訊かなかった。なぜなら真崎もそうだったから。日本人は食事中に会話をしないというルールでもあるのかと、周囲に誤解されたかもしれない。

レストランを出たのは、夜八時過ぎだった。時間的にはまだずいぶん早いけれど、会話が弾まないのだから、レストランにいても楽しくない。同様に、食後の散歩も気が進まない。このタイミングで、また別行動を申し出れば、さらに険悪なムードになるのは否めない。となれば、残された選択肢はホテルへ戻ることだけだ。

フロント当番は、ゆうべのホテルマンだった。真崎がなにか冗談を言ったようで、彼が豪快に笑った。話に入れない倫章はと言えば、疎外感という名の不快をひとつ増やしただけだった。

ボン・ニュイとホテルマンに挨拶し、さっさと真崎がエレベーターに向かう。倫章は急いであとを追いかけ、ドアに挟まれそうになりながら乗り込んだ。

無言で階数表示を見据えている長身が、まるで知らない国の男に見えた。

部屋へ戻ったとたん、倫章は壁際のベッドへ突き飛ばされていた。

「なにするんだよ…！」

抗議を無視して、真崎が無言でコートを脱ぐ。ベッドへ上がってきたその顔は、怖いくらいのポーカーフェイスを装っている。なんの感情も読み取れない。

起きあがろうとしたら、膝で押さえつけられてしまった。マフラーもコートも奪われ、セーターを剥ぎとられた。有無を言わせずベルトまで外されて、倫章はとっさに抗《あらが》った。

「やめろよ、真崎！」

「ここでなら、いいんだろう？」

眉を寄せて仰ぎ見た真崎の眼は、冷たい光を帯びていた。優しさなど微塵もない、冷淡なサディストの目だ。倫章の背筋がゾクリ…と震える。

「人目がなければ、問題ないんだろ？」

声はわざと、感情を殺しているようだった。だとしたら、真崎はひどく怒っている。

「ここでなら、恋人のふりができるんだろう？　俺の恋人でいることが恥ずかしいんだろう？　お前は」

「……っ！」

抗議すべく起きようとしたら、それを何倍も上回る強い力でベッドに押さえつけられてしまった。倫章の両手首をあっさり片手で封じこめると、真崎は荒々しい手つきで倫章を裸に剥いた。寒さと真崎に対する緊張とで鳥肌が立つ。

「寒いか？」

低く冷たい声で訊かれて、ますます体温が低下する。身を縮め、震えながら、倫章は口と目を閉じた。裸に剥かれてしまった時点で、抵抗する気力は萎えた。それに、どんなに倫章が抵抗したところで、やめてくれるような男ではない。

「文句ないよな？　倫章」

「ないよ。好きにすれば？」

倫章は感情を放棄して、人形に徹した。真崎も倫章を、玩具のように扱った。自分は服を着たままで。

いつもなら、少し触れられるだけで快感が全身を駆け巡るのに、今夜はどんなに触れられても鈍い反応しか生じない。真崎の苛立ちが、肌を通して伝わってくる。

ふいに真崎が、倫章の膝の裏に手をかけた。膝が肩につくまで曲げられ、恥ずかしい場所を真崎の眼前に晒す形で固定された。

苦しさをはるかに上回る羞恥と屈辱感に、倫章は歯を食いしばった。

「目を開けろ、倫」

言うとおりにしなければいいのに、倫章は無意識に従っていた。脚の間に……真上に、冷酷な男の屹立が見える。

「俺を咥《くわ》えて喜ぶ自分を、自覚しろ」

冷ややかな一瞥《いちべつ》をくれた真崎が、倫章を見下ろしたまま、ググ…と押し込んできた。

「あ、あぁ、あ……！」

真崎の形に、そこが広がる。真崎によって開かされてゆく。ゆっくりと体重を移動させるようにして押し込まれる間、ビクンビクンと体が痙攣《けいれん》した。

「しっかりと目を開けて、よく見ろ。これが俺とお前の関係だ。無関係を装うな」

「う……うぅっ」

身に覚えのありすぎる熱い塊が、ジクッ…と込み上げてくる。感じるはず、なかったのに。こんなやり方で感じてしまいたくないのに。

真崎は倫章の膝を押さえつけたまま、まだ腕の力を弛めてくれない。突き刺したまま、じょじょに腰を上下に動かし始めた。強い視線で倫章を射たままで。

次第に真崎の動きが大きくなり、出し入れのたびに倫章のそこが形を変える。どんなふうに自分が真崎に犯されるのか、倫章の体がどんなふうに応じるのか、それらをすべて目前に晒され、倫章はか細い悲鳴を漏らした。

「苦しい、真崎…っ」

「どうせ、すぐに気持ちよくなる」

真崎の声は冷たかった。嘲笑われているようで、悲しくなった。だけど真崎の言うとおりで、どんなに拒絶しようとしても快感がじょじょに迫ってくるのだ。

「ぁあ…っ、あっ、あ……んっ」

下半身を捧《ささ》げた格好のまま、真崎の腕に腕を巻きつけた。懸命に息を整えようとしているのに、まるで抑制が効かない。勝手に腰が動いてしまう。真崎の行き来に合わせて、無条件に締めつけてしまう。

そんな倫章の戸惑いを、真崎が真上から凝視している。屈辱すら快感へと変える、犯されて欲情する、淫猥《いんわい》な友の顔を。

「勃起してるぜ、倫章」

嗤《わら》われたのだと、わかった。

真上から腰を叩きつけられ、気がつけば倫章は、自分のものを顔面に浴びていた。

同時に、真崎が放った。そして乱暴に引き抜き、さっさとベッドから降りてしまった。

仰向けに倒れたまま、倫章は放心していた。顔射なんて……それも、自分のもので汚されるなんて、これは、あまりにも酷すぎないか…？

こんなのはセックスじゃない。でも、強姦《ごうかん》でもない。その証拠に倫章は、尻尾も腰も振って応えていた。だから。

これは、ケンカだ。

言葉で通用しないから手をあげてしまった、無益なケンカだ。殴ったほうも殴られたほうも、どちらも傷つくだけという、アレだ。

うん、確かにすごく痛い。心が。

「気は済んだのか？」

シャワールームへ向かう背中に、反射的に厭味をぶつけてしまった。真崎が傷つくことを承知で。倫章だって、もう充分に傷ついてる。だから、おあいこだ。

「やりたかったことは、できたんだろ？　だったらもう、満足だよな？」

唇を動かすと、自分の粘液が口の中に流れてきた。それでも構わず倫章は続けた。

「やっぱり俺たち……いまさら恋人になろうったって無理なんだよ。ただのセックスフレンドのほうが、俺――楽でいいや」

過《あやま》ちには、途中で気がついた。部屋の温度が急に下がった気がしたから。

でも、言葉はもう、口から滑り落ちてしまったあとだった。

真崎からの返事はなかった。真崎は黙って、シャワールームの奥へ消えた。


亀裂の原因は、はっきりしていた。

十年目にして結ばれた喜びを、なぜ素直に表現してはいけないのか…ということだ。

なぜ普通の恋人同士のように、北駅のホームで見たカップルのように、互いを愛しいと思うときに触れてはいけないんだ、どうして体裁を気にするんだと……真崎はそう言いたいのだろう。わかっている。そんなことくらい。

でも、わかっていても出来ないことだってある。真崎の望みが、倫章には「常識外」のファイルに入っているから。

古い考えかも知れないけれど、男同士の恋愛なんて、公にするようなことではないと倫章は思っている。「真崎を愛しています」なんて、誰かに説明する必要もない。本人同士がわかっていれば充分のはずだ。だから路上でキスやらハグは、回避すべき必須事項だ。

でも真崎は、納得いかないのだろう。倫章の拒絶理由が「世間体」だと見抜いたから。倫章は、往来で真崎と手をつなぐことを拒んだ。だから真崎は気づいたのだ。同性愛は恥ずべき行為だと、倫章が思っている事実に。

だから真崎はそれを確かめるためにも、何度も触れようとしたのだろう。新婚ごっこという遊び感覚を建前にして、始まったばかりの恋愛に対する覚悟の深さを測ろうとして。

一度でも手を握り返せば、見逃してくれたのかもしれない。

だが倫章は、できなかった。気持ちでは、もちろん真崎に触れていたい。でも、態度には出せない。だって、ゲイだとバレたら、日本でサラリーマンなんかやってられない。同じ会社の同じ部署で働き続けるなんて、いまの日本では考えられない。

「真崎……」

ツインベッドの片方に、倫章はそっと呼びかけた。ふたりきりなのに別々のベッドで眠るなんて、もしかしたら十年ぶりじゃないか？

隣のベッドのふくらみは、こちらに背中を向けたままピクリとも動かない。でも、いつもの寝息は聞こえないから、真崎もきっと眠っていない。おそらく真崎は、倫章を傷つけてしまったと、いま自分を責めているのに違いなかった。

倫章だって、真崎を傷つけたことを、とても後悔しているから。

こんなにもお互いの気持ちがわかるのに、どうしてうまくいかないのだろう。

「おやすみ、真崎」

言ってみたけど、真崎の肩は、かすかに動いただけだった。

翌日はホテルで朝食を済ませてから、午前中はリール美術館、午後はオペラ座を見てまわった。

オペラ座といっても、パリの真ん中のアレではなく、教会を巨大にしたような建造物だ。白い石造りの柱には精巧な彫刻が施されていて、とても優美で壮観だった。

市民の合唱隊だろうか。二十人ほどの少年たちの練習風景を見学させてもらった。高い天井に、少年たちのハーモニーが響き渡る。天使の歌声という言葉がピッタリだ。

オペラ座を出ると、ブティックでも見て回ろうと真崎が言った。ふたりきりになるのを避けているのか、真崎はさっきから人のいるところばかり選んで歩いている。

想像が間違っていなければ、きっと真崎も倫章のように、ゆうべは大人げなかったと心の中で反省しているはずだ。言葉にしなくても、互いへの気遣いが伝わってくる。だから、どちらかが謝罪を口にすれば済む話だということも、当然わかっていた。

だが、それを邪魔しているのが「腐れ縁」という関係だ。ケンカごときで、いまさらビクビクする間柄ではない。それこそが最大の欠点だった。

またあんなイヤな気分を味わうくらいなら、なかったことにしてしまおう。そのうち自然に氷は溶ける……長年のつきあいで、そんな卑怯《ひきょう》な許し方を学習していた。

　三歩ほどの間隔をあけて、倫章は真崎の後ろを歩いた。夕方の街は賑わっていて、人波にのまれて追いつけなくて……なんて、並んで歩けない理由を頭の中で反芻《はんすう》した。でも、人も時間もゆったりと流れているリールには、あまりにも的外れな言い訳だ。

　結局ふたりで一日中リールの街を散策して、夜はアミーゴの店で、遅くまで他の客と呑んで騒いだ。

　アミーゴは、倫章が男だとわかると「騙《だま》された！」と豪快に笑った。真崎が倫章を指さして、amiと答える。友人だと訂正してもらったのだから、喜んでいいはずなのに、見えない棘《とげ》が胸に刺さった。


　ブルージュへ行こうと、翌朝になって真崎が言った。

「フヒューヒュっへ《ブルージュって》、フワンフ《フランス》？」

　歯を磨きながら訊き返すと、「ベルギーだ」と、荷造りしながら真崎が言った。

「ここからなら、割と近い。観光地だから、見る場所にも事欠かない」

　観光地なら、きっと旅行客だらけだろう。人の波にもまれたい気分ではなかったけれど、倫章は即ＯＫした。真崎にはもう、倫章と話しあう気はないらしい。

　歳とったな、俺たち…と零したグチは、真崎には聞き取れなかったようだ。これからもグチを零すときは、歯磨き中にしよう。

「夜は、パリに移動しようと思っている。どうだ?」

「任せるよ、真崎に」

なんだかもう、どうでもいいや……。

当初の予定の半分の、三泊分の支払いを済ませ、リールのホテルを引き上げた。

リール発、十時八分の列車に乗車すると、残念なことに座席はガラ空きだ。ふたりきりの気詰まりは、雄大な景色を眺めることで、しばし忘れようと務めた。

線路のすぐ間近で、牛が牧草を食べている。かと思えば、丘にポツンポツンと建っている家々では、大きな犬が草地を走り回っていて、太ったマダムがシーツを干している。

そんなのんびりした風景を三十分ほど眺めて、ブルージュ行きに乗り換えた。

ガタゴトと、列車に揺られてまた三十分。思っていたよりずいぶん早く、目的地に降り立った。

「おっ」

思わず鼻をひくつかせてしまったのは、ホームの階段に満ちているココアの香りのせいだ。くんくんと犬のように鼻を動かしていたら、真崎が解説してくれた。

「ブルージュは、チョコレートとレース編みが盛んなんだ。とくにチョコレートは、世界一と言う声もある。チョコレート専門店が、この街だけで五十店舗もあるそうだ。一昔前までは、精神安定剤としても重用されていたらしい」

ツアーコンダクターのような流暢《りゅうちょう》な説明に、ひたすら感心してしまった。

駅の出口のすぐ手前に、匂いの源、チョコレート・ショップを発見した。と言っても、幌馬車《ほろばしゃ》にガラスケースを積んだだけの、日本で言うところの「屋台」だ。

それでもチョコレートの種類はかなりのもので、所狭しと並んでいて目を奪われた。

「太るぞ」

真崎が託荷所にスーツケースを預けながら、忠告をくれる。匂いだけで太るかよ。

口ヒゲを生やした店員が、手招きしている。手を出してごらんとジェスチャーで教えられ、そのとおりにしてみると、焦げ茶の塊をふたつ、掌にチョコンと載せられてしまった。

「え？　あ…と、いくら？　セ・コンビヤン？」

やられた。苦笑してヒゲの店員を見上げると、ノン、と言いつつ横に首を振っている。

もしかして、タダでくれるんですか？　と戸惑っていると、身軽になってやってきた真崎に肩を竦められてしまった。

「子供だと思われたな」

ほんとかよ…と落ち込みつつも、店員さんにお礼を言って街の中へと繰り出した。

「真崎も、一個どうぞ」

「サンキュ」

仲良く分けたチョコレートは、深みがあって粒子が細かくて、クリーミィでシットリしていて、舌の上でとろけていった。アーモンドクリームの余韻が口に広がる。想像以上の美味しさに感動してしまった。世界一という声は、決して嘘じゃない。「あとで箱買いしなきゃ」と言うと、真崎も「だな」と頷いてくれた。

ブルージュは、さすが観光地というだけあって、賑やかな通りと古い中世の町並みが一体になっている。まるで街全体が美術館のような格調を醸し出していて、立っているだけで心が澄むようだった。

「リールもだけど、ブルージュも最高にいいところだね」

素直な感想を口にすると、そりゃよかった、と真崎が微笑んでくれたのが嬉しかった。途中、脇道に大きなメリーゴーランドが出没して、その前を馬車が一台横切っていったのは恐れ入ったけど。

ロザリオ岸からゴンドラに乗り、水鳥と一緒に運河を進んだ。橋の上から聞こえてくるバイオリンの音色や異国の言葉が心地よくて、目を閉じて耳を傾けた。

下船すると、今度は目の前にガラス張りのシーフード・レストランが、両手を広げて待ち構えていた。街に歓待されているようで、つい笑みが零れてしまう。

「少し早いけど、ランチにしようよ」

浮かれ気味に提案すると、苦笑いで快諾してくれた。

漂う香りにわくわくしながらドアをくぐり、ボールいっぱいのムール貝とシーフードパスタ、ワインに地ビールをオーダーした。百種を越えるビールの種類に、あれもこれも……と調子に乗って楽しんでしまい、今回ばかりは真崎との会話も途切れる心配はまったくなかった。

地ビールが進みすぎて、ほろ酔い気分で川辺りを散歩しながら、倫章はポケットに入れている両手がウズウズしているのを感じていた。あれ以来、真崎は倫章に指一本触れようとしない。

斜め前を行く真崎の歩幅は、倫章に合わせているのか、のんびり調子になっている。無視されている感じが消えただけでも、ほっとする。そして、安心したぶん真崎の温もりが恋しくなるのだ。なんて身勝手なんだろうと、自分で自分が情けなくなる。

「疲れたのか？　倫」

急に振り向かれて、びっくりした。背中に目でもついているのかと返しかけた冗談を呑み込み、とっさに笑顔を作って返した。

「ううん。大丈夫だよ」

心配してくれてありがとう、と勇気を振り絞るより先に、真崎が前を向いて歩きだした。もしかしたら手を引いてくれようとしたのだろうかと構えた自分が、ちょっと惨めだ。

楽しすぎたブルージュの散策を終え、パリ行きの列車に乗り込んだ。一日が過ぎるのは本当に早い。もう日が暮れかけている。夕暮れのブルージュの街は神々しいほど美しかったけれど、ふたりの気持ちは、まだ微妙にすれ違ったままだった。

進行方向窓ぎわ席。やっぱり真崎はそこを倫章に譲ってくれて、自分は通路側の、倫章とは脚さえ触れない斜め前の席に座った。

触れてほしいわけではなく、いつもの真崎らしくないのが、倫章としては落ち着かなかった。真崎という男は、たとえ倫章がなにを言おうと、強引に寝技に持ちこむようなワンマンさを堅持してほしかった。そんなことにまで不満を言うのは我がままだと、わかっているけれど……。

でも……そうだ。あの結婚指輪を渡せばいいのだ。本当は倫章だって真崎と繋がっていたい。真崎の恋人になれた喜びを形にしたい。思い出のリールで買った結婚指輪をプレゼントしたら、真崎はきっと驚いて、そして喜んでくれるに違いない……——。

「うわあぁっ‼」

倫章の悲鳴に驚いて、真崎が目を丸くした。

「どうした?」

しまった、と倫章は舌打ちした。そう、指輪だ。真崎に贈る大切な指輪! あれは確か、今日の五時に仕上がる予定だった!

「なにやってんだ、俺は……！」

「倫？」

どうでもいいや、なんて投げやりになっていたものだから、大切なことをすっかり忘れてしまっていた！

腕時計を見た。四時三十一分。発車のベルが鳴る。倫章は立ち上がった。引き換え書は……持っている。ポケットの中の財布に。

「悪い、真崎。俺、リールに忘れ物した」

口早に言うと、え？　と真崎が瞬きした。列車を降りようとする腕を掴まれたけれど、ごめん、と言って振りほどいた。

「なにを忘れたんだ、倫」

「たいしたものじゃないよ。離せって！　ドアが閉まる！」

「だったら、あとで日本に送ってもらえばいい」

そうしたいのは山々だけど、あの指輪は特別なんだ。マダムが工房に無理を言って、急いで仕上げてくれたものだ。だから、ちゃんとマダムに「ありがとう」とお礼を言って、この手で受けとらなきゃいけない。なにより自分が、そうしたい。

そして一秒でも早く、真崎の指に填めてやりたい。

倫章はホームに飛び降り、言った。

「あとから追いかける。ホテルで会おうぜ」

「待て、倫！　俺も一緒に……！」

行く…と言いかけた真崎の鼻先を掠めて、列車の扉が閉まった。真崎がバンッとガラス窓を叩く。大声でなにか叫んでいる。

ガタン……と列車が動きだす。倫章は真崎を見上げた。三歩だけ、真崎の姿を追いかけた。真崎もこちらを見ていたけれど、列車は真崎を乗せたまま遠ざかっていった。

別に悲しむ理由なんてない。どうせまたすぐに会えるのだから。

なのに――――なんだというのだ、この切ない感情は。

熱いものが込み上げてきて、倫章は拳で目元をこすった。パリに到着した夜、北駅のホームで涙していた彼女の姿とシンクロしそうだ。

倫章も、そうだった。一緒に過ごす時間が幸せすぎるから、ささやかな別れでも、こんなに切ないし不安だし寂しくなる。無性に安堵するあの温もりから、たとえ一瞬でも離れることが、怖くて不安で、たまらないのだ。

十年も費やして、やっと結ばれたはずだったのに。男も女も、人を想う気持ちは少しも変わらないはずなのに。

溜息をつき、倫章は反対側のホームに渡った。

リールへ戻って、パリへ行く。それだけのことだ。言葉が通じない不便は、往きの記憶で補えばいい。確かここから三十分ほどの、「C」から始まる駅で乗り換えだった。真崎のあとをついて歩いていただけだから、どうも記憶が定かじゃない。

「俺の人生、ホントに真崎に導かれてるなぁ……」

肩を落としながら、ホームに入ってきた電車に乗り込んだ。

リール到着は、五時五十分。この三日間ですっかり馴染んだ道順を、猛ダッシュで駆け抜け、プランタン三階のジュエリーコーナーに飛び込んだ。

マダムは……いた。倫章の到着を待ちわびていたのか、満面の笑みで両手を広げて迎えられ、恐縮してしまった。

そしてマダムは、まだ息を弾ませている倫章の手に指輪を握らせてくれたのだ。

そこには流れるようなアルファベットで、真崎のリングに「ＲｔｏＦ」、倫章のには「ＦｔｏＲ」と彫られていた。つなぎがｔｏなのは、倫章が英語でしか指示できなかったからだ。そしてあの、披露宴の日付と。

マダムはプレゼントだと言って、卵形の銀製のリングケースに、ふたつの指輪を並べてくれた。感極まって言葉に詰まってしまった倫章の頬に、マダムがそっと唇を寄せる。倫章も言葉にできない感謝を込めて、マダムの頬にキスを返した。

リール駅へ引き返すと、さっそく発券窓口に飛びついた。でも、いくら「パリ」だと連呼しても、駅員は首を横に振るばかりで埒《らち》が明かない。日本語も英語も通じない相手に向かって、つい声を荒らげてしまった。Ami が待ってるんだ！　と。

「Ami ?」

「そう、Ami です。頼むから急いでください。Hurry up !」

なんとか切符を手に入れてホームに駆け込むと、時刻は六時を過ぎていた。確かパリまでは一時間かかるはず。モバイルやら手帳やらが入ったボストンバッグを残したまま、列車を飛び降りてしまったのは最悪のミスだ。慌てていたとはいえ、痛すぎる。真崎は心配しているに違いない。

パリについたらタクシーをつかまえて、真崎から聞いたホテル名を告げて……名前、発音、また通じなかったらどうしよう。でもまぁ、なんとかなる。と言うより、なんとかしなければ。

ホームへ駆け込み、待ってましたのTGVに乗り込んだ。これで一時間後にはパリへ到着だ。倫章はようやくほっと胸を撫で下ろした。

中へ入ると、ずいぶん綺麗な列車の座席は一区間ずつ仕切られていた。座席も広くて高級車両だ。日本のグリーン車など比較にもならないグレード感が気に入って、ひとりで悦に入っていた。

しばらくすると、車掌がやってきた。早速検札だ。素直に切符を差しだすと……なんだろう。困った顔をされてしまった。この切符は違うとかなんとか。

フランス語と英語と日本語を戦わせて、ようやく倫章は理解した。倫章が持っているキップはローカル列車用だったのだ。これではＴＧＶには乗れない。

「あの駅員め…」

と、切符を販売してくれた駅員を一瞬恨みそうになったが、どう考えても不勉強な自分が悪い。逆恨みはお門違いだ。

「じゃあ、席を移ります。えっと、I'd like to... change, あー、another seat. OK ?」

ノン、ときっぱり拒否された。

席も移れず、追加料金を支払うこともままならず、仕方なく倫章はＴＧＶを降りた。と、さっきの車掌が追いかけてきて、隣のホームの列車に乗れと親切にも教えてくれた。切符を買い直す必要はないとわかって、急いで列車に飛び乗った。

言葉の通じない海外で、ひとり列車に揺られているほど心細いことはない。それに、ＴＧＶならパリに着いている時刻なのに、一時間過ぎてもまだ着かない。ローカル線だから仕方がないとわかっていても、真崎を思うと気ばかり焦る。

途中、検察に回ってきた係員が、ここで降りろとわざわざ教えに来てくれた。でも、どう見てもここはパリ駅ではない。Ami…なんとかと書かれている。ここではありませんと懸命に説明し、列車を降りずにいたら、どこへ行きたいんだ？　というような質問をされてしまった。嫌な予感が頭を過る。

「あの…I want to go to パリ・ステーション」

片言の英語を理解してくれたのだろうか、オー！　と係員が大袈裟に驚いて、早口でなにかまくし立てた。Next Station と Change train だけ、かろうじて聞き取れた。片言の英語を頼りに、とりあえずアドバイスに従って下車したら、なんと次の列車でも再び途中で降ろされてしまった。Ami は通り過ぎたとかなんとか、まったく意味がわからない。

ただ、今度の車掌はありがたいことに、英語が堪能だった。Ami ではなくパリへ行きたいと伝えると、この列車は逆方向であること、このキップではパリへ行けないこと、次で降りてローカル線を待ち、列車内でキップを買い直すことなど、聞き取りやすい発音で教えてくれた。さらに次の列車の車掌に宛てて、メモ用紙にメッセージを書いてくれた。

車掌に礼を言い、倫章は去ってゆく列車を見送った。ホームは人っ子ひとりいない。駅員もいない。よりによって無人駅だ。

駅の外。ロータリー。タクシーの影すらない。明かりも見えない。よほどの田舎なんだろうか、人家の明かりがひとつもない。

「一体どうなってるんだ……」

まだ頭が混乱している。だが倫章は、うすうす過ちに気がついていた。手にしたキップの、どこにも Paris と書かれていないのだ。おそらくリール駅の駅員は、「Ami が待っている」の「Ami」を聞き取って、ここに書かれているAmiensという名の駅までのキップを売ってくれたのだろう。

慌てていたから、確認を怠ってしまった。だが、たとえ確認していても、間違いに気づけたかどうか定かではない。

シャルル・ド・ゴール空港から直行したあの駅を、真崎は「北駅」と呼んでいた。

「フランス語で、北駅ってどう言えばいいんだっけ。ノース・ステーション？　でも英語読みじゃないことだけは確かだよなぁ」

ははは…と笑う声も空しい。なすすべもなく倫章は、ホームのベンチに腰を下ろした。ガイドブックすら持たずに列車を飛び降りた自分の甘さが、腹立たしいやら情けないやら。

成田を発ってからずっと、まるで日本国内を旅しているかのように気楽に構えていた。でもそれは、すべて真崎のお陰だったのだ。なんとかなると思っていたのは錯覚だった。ひとりではなにも出来ないという現実が、今回は痛いほど身に染みた。

列車の到着を待つ間、もう帰国できないかも……と最悪の事態を想像して、ますます気持ちが沈下した。このまま列車が来なかったら。来たとしても、また言葉が通じなくて、知らない土地へ運ばれてしまったら。

「真崎とも、今生《こんじょう》の別れになったりして」

バカバカしい仮説に笑ってしまった。でも笑ったあとは、あんなに悩んでいた諸々のことこそ、バカみたいに小さく思えた。

真崎と、手をつないで歩けば良かった。

もっと素直になれれば良かった。路上キスだって、すれば良かった。

暗くて寒いホームのベンチで、倫章は少しだけ泣いた。

懺悔《ざんげ》すること数十分。溜息が百回目を数えるころ、ようやく列車がやってきた。

異国の夜の無人駅は、恐ろしく寒くて怖くて、二十七にもなってこんな恐怖を体験するとは思ってもみなかった。今日ほど語学や下準備の必要性を痛感したことはない。

到着予定時刻を大幅に越えたものの、車掌が書いてくれたメモのおかげで、ようやく倫章は懐かしの風景の中に降り立つことができた。

構内は初日同様、大勢の観光客で賑わっている。観光客だらけだ。

「よ……よかったっ」

ホームに着地した瞬間、気が緩むと同時にドッと額から汗が噴き出した。

ここまで来れば、なんとかなる。英語や日本語の通じる人だって多いだろうし、困ったときの観光名所、エッフェル塔もルーブル美術館も揃っている。

人混みに押されるようにして改札口を目指したとき、叩きつけるような声が駅構内に響き渡った。

リンショウ‼　…………と。

反射的に顔を上げ、唖然とした。

ひらりと改札を飛び越えたのは、黒いコート姿。

駅員を振り払い、人の波を掻きわけ、真崎が猛然と駆けてくる。

倫章は呆然と突っ立ち、ぽかんと真崎を見つめていた。てっきりホテルで、眉間に何本も皺《しわ》を寄せて、イライラしながら待っているだろうと思ったのに。

「駅にいたのか？　まさか、ずっと…？」

あれからもう、三時間以上経っているのに。

目の前で真崎が立ち止まった。顔は、完全に怒っている。

追いかけてきた駅員が、背後から真崎の肩を掴んだ。それを振り払い、真崎が激しい剣幕で言い返す。怯《ひる》んだ駅員が倫章の手からキップを奪い、再び真崎に、なにか注意をしたようだった。溜息をついた真崎が、紙幣を一枚、彼の手の中に押し込んだ。

なんだよ、なにをそんなに怒っているんだ？

「真崎、一体どう……」

「この、バカヤロウッ‼」

腹の底から響いた真崎の怒号に、周囲は一瞬、静寂に包まれた。

真崎につかまれた頭は、広い胸に抱え込まれていた。痛いほど、強く。

「心配させやがって…！」

食いしばった歯の間から押し出すような声に、倫章は小声で、ごめんと謝った。

「倫……」

「うん」

「倫章…っ」

「うん、真崎、ごめんな。心配かけて……ほんとにごめん」

公衆の面前で、倫章は真崎の腕の中にすっぽりと包まれていた。怒鳴ってくれる気持ちが嬉しかった。真崎の温もりが愛しかった。久しぶりの、真崎の香りも。

倫章は背伸びをして、真崎の首に両腕を回した。真崎もさらに強い力で倫章を抱きしめてくれる。愛する人の体温に触れたくて、真崎の顎や耳の後ろに鼻先を押しつけた。真崎も倫章以上に、無心に頬を押しつけてくる。

そして倫章の唇は、真崎の唇を探りあてた。

「戻ってきたよ…真崎」

「ああ」

「ただいま」

「…ああ」

北駅のロータリー。

構内の黄色い光に包まれて、ふたりは熱いキスを交わした。

そのあと、倫章と真崎がどうなったのかは、言うまでもなく。

ホテルの部屋に到着すると、倫章は真崎に抱き上げられてベッドへ直行した。キスと愛撫の応酬の中で自然に服は乱れ、脱がされ、気づけば倫章は成熟しきった真崎のものを自分から求め、口に含み、喜んで協力してしまっている。

口の中で太く逞しく立ち上がった真崎に熱い視線を絡めながら、倫章は自分からベッドの上で仰向けになり、脚を開いた。

「来て、真崎」

期待と喜悦で声が掠れる。真崎の指がそこに触れ、窄《すぼ》んでいる部分を優しくほぐしてくれるのだが、倫章は首を横に振った。

「準備なんて、しなくていいから」

一刻も早く真崎の熱さを感じたい。真崎と繋がりたい。真崎と結ばれたい。

「されたいんだ…真崎に」

「倫…」

「会えなくなるかもって思ったら、ものすごく寂しくて……。だから、めいっぱい真崎を感じて、思いっきり安心したいんだ」

言い終えると同時に長い指を挿入され、たまらず倫章は身を捩《よじ》った。手早くほぐされ、呼吸が乱れる。

「正気を失うほど、安心させてやるよ」

「真崎…」

指で広げられ、太いものを押し込まれたとたん、早くも倫章は噴き上げてしまった。

「あ……ぁっ」

絶妙のポイントを内側から刺激され、髪を乱して嬌声《きょうせい》を上げた。そこがすり切れてしまうのではないかと思うほど激しく、真崎が行き来する。そのたびに真崎の硬い先端が、倫章の一番感じる部分を攻撃するものだから、あっという間に倫章は二度も放ってしまっていた。

「ぁ…あっ、ま…真崎、また出るっ、出る…！」

「よかったな。幸せな証拠だ」

お互いな…と真崎に笑われながら、倫章は三度目の昇天に身震いした。いい加減、弾が尽きてもいいはずだ。だけど真崎はそれを上回る絶好調で、抜かずの五発目に突入している。おかげで倫章の下半身は渦潮《うずしお》状態だ。今日は一度の持続性より、数で勝負ときたらしい。

「絶倫男の、永久運動状態、だな…っ」

お前もな、と唇の端を吊り上げて、真崎が腰を叩きつける。乱れた前髪に汗が光って、野性的だ。苦しげに寄せた眉も、逞しい肩も胸も、倫章の興奮を否応なくかきたてる。

「安心したか？　倫」

熱っぽい声で質問され、またしても倫章の下半身は歓喜に噎《むせ》び泣くのだ。

安心した、と答えたら、だったら、と念を押された。

「もう二度と、俺の手を振りほどくな」

髪を摑み、目を覗き込み、強い語調で真崎が言う。

「返事をしろ、倫章」

ゾクッ…と背筋が震えた。真崎のサド眼が、倫章の隠れたマゾヒズムに火をつける。

「わかっ…た」

約束するよ…と囁《ささや》いて、真崎の首に両腕を回し、従順の証しにキスを捧げた。

頰を撫でられ、首筋から肩までたっぷり愛撫されて、指に指を絡められた。振りほどかないと誓った手を強く握り返すと、ようやく真崎が微笑んでくれた。

「そうやって、いつもしっかり握っていろ」

「うん…っ」

指を絡め直しながら、倫章は自分から俯《うつぶ》せになった。ひとたび抜けた真崎のものが、今度は背後からずっぷりと深く挿入される。

「あぁ……、あぁ、あぁ…っ」

速度を早めたり、もったいつけたり、自在に真崎が行き来する。貫かれながら、絡めあった手で自分の前をも扱かされ、倫章は声が嗄《か》れるほど喘《あえ》ぎ続けた。

意識が遠のく寸前、真崎がなにかをとりだした。キラッと光った金属の輝きに手錠を連想してしまい、本格的なＳＭに目覚めたかと肝を冷やした。

腰の動きを止めることなく、真崎が倫章の左手首に「手錠」を填める。体をユサユサやられながら、倫章は左手首の戒めを照明にかざした。

しっとりと心地よい肌触りのベルトは、焦げ茶のクロコダイル。ノーブルでシンプルなデザインの、丸い文字盤の腕時計だった。

「なに、これ」

「婚約指輪の代わりの、婚約腕時計だ」

「婚約腕時計？　…なぁ真崎、上下運動ちょっとストップ」

「ムリ言うな」

「でも、時計がよく見えない」

すると真崎は、激しい縦揺れから、ソフトなトルネードに変更してくれた。結合地点で大きく円を描かれて、揺れはある程度収まったものの、今度は快感の波に溺れかけた。

アップアップしながらも、倫章は視力を駆使して文字盤を凝視した。四つ葉のクローバーに似た十字のマークがついている。なんとなく見覚えが…と、決して多くはない時計の知識を引っ張り出して、ようやく気づいて目を丸くした。

「これって、もしかしてヴァシュロン・コンスタンタン？　って、まさか、本物っ？」

驚いて訊くと、当たり前だと返された。ヴァシュロンと言えば、オーデマ・ピゲやパテック・フィリップと並ぶ世界三大時計メーカーだ。

「リールの、例のフリータイムで買ってきた。給料の三カ月分より安くて申し訳ないが、まぁ……要するに、俺とペアだ」

珍しく照れながら、真崎が手首を見せてくれた。本当だ。嬉し恥ずかしペア・ウォッチ。真崎のはベルトが黒だった。

「同じ時間を刻もう、倫章。俺とふたりで。永遠に」

えっと…と倫章は苦笑いしてしまった。これはプロポーズなのだろうか。真崎は真崎なのだから、やっぱりいつもの真崎らしく、なにも言わずに腕に填めてくれたほうが、こっちも照れずに済むのだが。

「永遠ってさ、お前、これ手巻きムーヴメントだぜ？　毎日ちゃんと世話しなきゃ、すぐ止まるような面倒くさいの贈っといて、永遠だなんてよく言うよ」

笑い飛ばして文句をつけると、そうだな、と真崎が微笑んだ。

「真崎同様、高級品ってのは手間ばっかりかかるんだよな。おまけに文字盤は、ぼやけて見えないし」

「それは、倫が泣いているからじゃないのか？」

真崎のセリフは、やっぱり今夜もクサかった。あとからあとから零れる涙を、倫章は子供みたいに両腕で拭った。

仰向けに返され、ぎゅうっと抱きしめられた。倫章も、真崎の背にしがみついた。いつの間にか回転が突きに戻っている。

「…って、こんなにも感動させておきながら、まだ続けるのか？」

「感動させてからが、本領発揮だ」

その言い草に、倫章はプッと吹き出した。毎日しないと欲求不満になる真崎が、二日も我慢したのだから、今夜くらいは大目にみてやらなければ。

振り落とされないよう、倫章はしっかり真崎に抱きついた。そして、ちゃんと気持ちを言葉にした。ありがとう…と。

唇を覆われ、極限までのけ反った。真崎のものが、倫章の中で最大限になる。

砲弾が、体内を爆破する。

口から逆流しかけた衝撃波は、倫章の腹の中で渦を巻いた。

五発目の轟音《ごうおん》が鎮火したころ、真崎はようやく満足したらしい。濃厚なくちづけをひとつくれて、ようやく倫章の中から撤退した。

車のクラクションで、朝の訪れを知った。

ゆうべの記憶の道筋を辿ると、ここはパリ。ルーブル美術館まで徒歩五分という好立地の、とても小さなホテルだ。リッツやクリヨンも憧れるけど、きっと防音が完璧すぎて、こんなふうに街の生活音で目覚める楽しみはないだろう。

いま倫章の肩からは、相変わらずの真崎の左腕が生えている。髪にかかる寝息も、とても静か。倫章の腿の付根に挨拶している真崎ジュニアも、いつもと同じで早起きだ。

でも、ひとつだけ違うことがある。

「朝だぜ、真崎。おはよ」

「……あぁ」

真崎がフウッと息を吐く。何時だ？　と眠そうに左腕を曲げ、婚約腕時計に目を凝らし、そして数回瞬いた。

真崎は男らしくて骨っぽい掌を広げ、裏返し、驚きの隠せない顔で倫章を見つめた。真崎の反応が可笑しくて、つい声を立てて笑ってしまった。

倫章は仰向けになって、真崎の掌に自分の左手を重ねてやった。ふたりの手首には、揃《そろ》いの時計。その薬指には、ペア・リングだ。

「もしかして忘れ物って、これだったのか？」

「うん。だって、俺たち結婚したんだろ？　ハネムーン中なのに、指輪がないのも寂しいなって思ってさ」

「倫…」

真崎が声を詰まらせた。何度も首を横に振り、倫章を抱き寄せる。昂ぶりを押しつけ、唇を心持ち突き出して、早くもキスの体勢だ。あぁもう、お前ってやつは上も下も……。


今日は絶好の散策日和だ。賑やかで華やかなパリの街へ、手をつないで繰《く》りだそう。見つめ合って、キスしあって、腕を組んで歩こう。

婚約を経て、結婚を経て、ようやくのんびりハネムーンだ。パリの都は男同士のカップルにも、きっと素敵な想い出をくれるだろう。

真崎が言った。日本に帰ったら一緒に暮らそうと。だから倫章も笑顔で答えた。ずっと一緒にいようなと。

いつも恋をしていようと。

な、真崎。

いつも世間は大混戦

シャルル・ド・ゴール空港を発って十二時間、倫章《りんしょう》たちが成田に到着したのは、朝の七時過ぎだった。

ゲートをくぐり、空港ロビーに降りたったとたん、大あくびを漏らしてしまった。機内でうまく睡眠をとれなかったから、全身に疲労が蓄積している。

「すごい顔だな、倫章」

どんなときにもイケメンぶりを崩さない真崎《まさき》が、呆《あき》れている。倫章は真崎を横目で睨《にら》みつけ、もう一度、顎が外れそうな大あくびを披露してやった。


八日前に「親友」から「恋人」へ配置換えしたばかりのふたりは、ただいまフランスでの新婚旅行を終えて帰国したばかりだ。と言っても、もちろんふたりとも男だから、正式な結婚をしているわけじゃない。とりあえず本人同士で伴侶を名乗っているだけの、手前勝手なカップルだ。

じつは真崎は、フランスに出発する前日、華々しい結婚披露宴を開いた。花嫁はもちろん倫章…のわけがなく、美貌のキャビン・アテンダント、高橋頼子《たかはしよりこ》さんだ。

ただ、そのなかなか盛大だった結婚披露宴は、じつは当事者である新郎新婦の、誰にも言えない裏事情により計画され、内密のうちに執行されたという、シークレット・ミッションであった。なんと、新郎新婦である真崎と頼子さん本人には、結婚する意志が最初からなかったという、恐ろしい事実が隠されていたのだ。

独身主義者の頼子さんは、一度でいいから両親に花嫁姿を見せてやりたいという夢を掲げて、このミッションを立ち上げた。そして真崎は、倫章を悲しませ、本心を引っ張り出したいというご都合主義な思考のもと、頼子さんの計画に協力した。

真崎の思惑どおり、親友の晴れ姿を目の当たりにした倫章は、初めて自分の本心と対峙《たいじ》することになり、さっさと身を固めようとする親友を心から祝福できない自分に戸惑いながら、披露宴会場で悶々《もんもん》と悩むこととなった。

ご馳走《ちそう》の山と、これみよがしに飾られた祝福の花々を前にして、さんざん恨んで落ちこんで、嘆き悲しんだそのあげく、真崎に告白してしまったのだ。よりによってトイレの中で、お前のことが好きだ――などと。

高三の夏の初体験から足かけ十年にもなろうというセックスフレンドな関係の幕引きは、ある意味ハッピーエンドと言えた。いや、正しくはエンドではない。なぜならふたりの関係は、新たなスタートを切ったのだから。

パリのホテルで、真崎が言ってくれた。日本に帰ったら一緒に暮らそう…と。倫章だって負けずに答えた。ずっと一緒にいよう、と。そんな甘いセリフを真崎が囁《ささや》く日が来ようとは、夢にも思わなかったから、つい反射的に応じてしまったのだ。

でも考えてみれば、恐ろしい約束をしてしまった。日本で男同士が一緒に暮らすなんて、かなり大きなリスクかもしれない。

なにはともあれ今日からは、日本で新たな生活がスタートする。会社も同じで、プライベートもずっと一緒。恋人としてやっていけるのだろうかと多少の不安はあるけれど、十年も親友でいて飽きなかったふたりだから、大丈夫だと信じている。

ただ真崎には、やるべきことが残っている。

真崎のご両親は、まだ真崎と頼子さんの「成田離婚」を知らないはず。だから同居うんぬんで舞い上がる前に、まずは身辺整理をすべきだと一応真崎に忠告したら、鼻で軽くあしらわれてしまった。身辺整理なんて、倫章が側にいようがいまいができることだ、と。

そう言われて、少々ムッとしてしまった。心配だから言っているのに。

でも、もともと真崎は二けたの女と一度につき合えるという、とんでもない技術を持っている。だから、謝罪行脚《あんぎゃ》で手いっぱいになってしまうような容量の少ない男ではない。

そう考え始めると、また別の心配事が首を擡《もた》げるわけだ。やっぱり倫章ひとりでは足りなくて、今後もあちこちの女に手を出しては、歩くバツイチ生殖器・真崎史彦《ふみひこ》健在！　などと周囲を脅かして……いや、ときめかせてしまうのではないかと。

「考えれば考えるほど、楽しくない方向へ転がっていくぜ」

手荷物受取所に向かいながら無意識に零すと、なんだ？　と顔を覗《のぞ》き込まれた。わかっていない真崎が憎くて、聞こえなかったふりで無視しておいた。

コンベアーに載って流れてきたスーツケースを、真崎がヒョイと持ち上げて、アルミのカートに載せる。もう一台、空のカートを調達し、成田着の荷物を山積みしてゆく。

「すごい土産の量だな」

呆れて目を丸くすると、真崎が肩を竦《すく》めて苦笑いした。

計画的スピード離婚のお詫《わ》びも兼ねているのだろう。真崎は倫章のぶんの酒類輸入枠もフルに使って、空港着のワインやら香水やらをどっさり買い込んだ。だからこの大荷物は、ほとんどが人の手に渡ってしまうわけだ。

反して倫章は、みやげの類の荷物は一切なし。なぜなら真崎の入れ知恵により、急性胃腸炎で休養中ということになっているから。

「なあ真崎、これ、全部は車に載らないぜ？」

「載せる必要はない。すべて会社へ配送する」

「そっか。お祝いしてくれた人たちへのお詫びだもんな」

「お詫びじゃなくて、お返しと言え」

へいへいと適当に返事して、カートを押しながら宅配カウンターへ向かった。

配送伝票を記入している真崎に、ちょっとトイレ…と耳打ちして、倫章は一旦その場を離れた。

別に、もよおしていたわけじゃない。ただ、なんとなく腹の底から溜息をつきたくなっただけだ。洗面所の鏡の前に立ち、はーっと息を吐きだしたら、少し楽になった。

手を洗い、長旅でむくんだ頬をペタペタ冷やして、もう一度深く溜息をつく。鏡の中には、どこかスッキリしない顔つきの自分がいる。目に疲労を滲ませている気弱な男が。

フランスで過ごした時間が楽しすぎた反動か、日本に着いたとたんに重力を感じてしまったのだ。現実へ引き戻されたことによる気持ちの重さ、ということか。

明日から…いや、もう今日からだ。ふたりは人目を忍ぶ恋人同士になる。パリの街では手を繋《つな》いで歩いたりもしたけれど、そんなこと日本では絶対にできない。勤務先にバレたら大騒動だ。

会社では今までどおりの親友だという演技を余儀なくされる。この先ずっと嘘《うそ》をつき続けることを考えるだけで気が重くて、早くもブルーになりそうだった。

「なんだかなぁ…」

なにか問題が起きたわけでもないのに、勝手に難題を掘り起こして悩みまくる自分は、かなり生き方がヘタかもしれない。

お互いを好きだと意識する前は、こんなイライラとは無縁だった。会社で毎日合わせる顔に、うっとうしいぜ、なんて舌を突きだしていたくらいだった。したいときにセックスだけする仲だった。真崎に女ができるたび、またこれで数週間ほどエッチはおあずけか…などと性懲りもなく思うだけだった。そりゃ、少しはイライラもしたけれど。

三度ほど溜息をつき、体内の悶々を吐きだして、倫章はようやくトイレから出た。

配送カウンターから少し離れた壁際で、長身がスマホをチェックしながら立っている。倫章は自分の頬に手を当てて筋肉をほぐし、笑みを作り、お待たせ、と声をかけた。すでに配送手続きを終えた真崎が、顔を上げて眉を寄せる。

「遅いぞ」

「ごめん。混んでたんだ」

行こうと促すと、ごく自然に背中に手を回された。とっさに避けてしまったのは、条件反射であって故意ではない。案の定、真崎がムッと顔をしかめた。

「なぜ逃げる」

なぜって言われても……。倫章は真崎の気持ちを逆撫《さかな》でないよう言葉を選んだ。

「お前はあと数日ほど休暇が残ってるけど、俺は明日には出勤だ。ハネムーン気分はこのあたりで片付けて、そろそろ気を引き締めてかからないとマズイだろ？」

言い訳だと見抜いた真崎が、反撃に出ようと口を開いた…直後にギョッと目を見開いたから、倫章のほうが驚いてしまった。

「な、なに？」

目を剥いたまま、真崎が無言で顎をしゃくる。後ろを見ろということらしい。

命じられるまま背後に首を回した倫章は、真崎以上に目を剥いてしまった。

「た…、橘《たちばな》さんっ！」

十センチはあろうかと思われるピンヒールの踵《かかと》を小気味よく鳴らし、細いウエストに片手を添えて、超高級ブランドスーツに身を包んだ美女が婉然《えんぜん》と微笑んでいた。

「奇遇ね。こんなところで我が社の有名人に会えるなんて」

グロスで艶めく唇が妙に色っぽい、副社長秘書の橘友梨《ゆり》！

とっさに倫章は周囲に視線を走らせて、身を隠す場所を探した…が、もう完全に逃げ遅れている。でも、それでも逃げ場がほしい。

「どうかした？　水澤《みずさわ》くん」

「いや、その、人間って、追いつめられるとワケわかんない行動とるみたいで…」

しどろもどろで説明したら、橘友梨が大きく一歩踏みだした。自慢の美脚を斜めに伸ばして、これ見よがしにポージングだ。真崎の真正面に立った彼女は、獲物を見つけた雌ライオンのような目をギラギラ輝かせて言った。

「ハネムーンは楽しめたのかしら？　真崎くん」

橘友梨の口調は、あからさまな嫉妬を含んでいた。

倫章たちのひとつ先輩・橘友梨の真崎フリークは、じつは、かなり有名だった。強気な彼女は、真崎に心酔している事実を微塵《みじん》も隠そうとしないため、公然の「片思い」ということになっている。

反して真崎は、彼女の気持ちを知っていながら巧みに躱《かわ》し続けていた。来るもの拒まずの真崎にしては珍しい現象だけど、確かに彼女の押しの強さを敬遠する男は多いだろう。同じキャリアウーマンでも、頼子さんとはまったく違うタイプだ。

「絶世の美女だとかいう噂《うわさ》の奥様と、たっぷり満喫してきたんでしょう？」

「ご想像にお任せしますよ」

微笑で対応する真崎に舌を巻いた。不快を微塵も匂わせないのは、さすがだ。

と、橘友梨が挑戦的な視線をあたりに飛ばした。

「ねえ真崎くん。ご自慢の奥様はどこ？　私も一度会ってみたいな。美人なんでしょ？」

「橘さんには負けますよ」

「ま、相変わらず口がうまいのね。ねぇ、せっかくだから奥様に紹介してよ」

「残念ですが、フライトに戻ってしまいましたので」

橘友梨が、わざとらしく驚愕《きょうがく》する。

「まぁ、もう仕事に行っちゃったの？　新婚なのにご主人を放っておくなんて、ずいぶん自由な感覚を持った奥様ね。私なら、絶対にそんなこと出来ないわ」

倫章は目を閉じ、心の中で懺悔《ざんげ》した。ごめんなさい橘さん。俺やっぱり、あなたが苦手です。ごめんなさい、ごめんなさい……。

さっきからずっと逃げ腰になっている倫章の横では、顔色ひとつ変えない真崎が、スラスラと儀礼的なセリフを並べている。

「橘さんは、いい奥様になるでしょうね」

「私を選ばなかったこと、少しは後悔してるのかしら?」

「いいえ、とりあえず、いまのところは」

「いまのところは?」

「ええ。いまのところは」

「じゃあ、いつかはあり得るのかしら」

「先のことは、神のみぞ知るです」

真崎が微笑む。橘友梨がうっとり見上げる。キツネとタヌキの化かし合いだ。凡人には、口を挟む余地すらない。

一歩離れて見物を決め込んでいると、冷たい視線を投げつけられた。

「水澤くん。あなた療養中って聞いてたけど。真崎くんのお迎えに来て大丈夫なの?」

突然会話に引きずり込まれて、倫章は身を硬くした。興味津々の目つきで上から下まで見回されて、迫力に圧倒されつつも、真崎に倣《なら》って笑みを作った。

「そうなんです。じつは急性胃腸炎で入院しちゃいまして。あ、昨日やっと退院したんですよ。そしたら真崎に、元気なら迎えにこいって言われまして……その…」

苦しい言い訳の末尾に、ははは…と誤魔化し笑いをくっつけておいた。

なぁ真崎、と長身に同意を求めると、橘友梨が赤い唇に指を添えて言った。

「仕事だけじゃなく、プライベートでも仲がいいのね、あなたたちって」

その質問には、どう答えていいのかわからない。助けが欲しくて真崎を見上げたけど、首を横に振られただけだった。放っとけってことらしい。

「ねえ真崎くん。この再会って奇遇だと思わない？　じつは私、たったいま出張から戻ったの。これから一緒にお食事でもいかが？　私もあなたたちの仲間入りがしたいな」

プルプルの唇を突き出して下から覗き込む橘由梨を、真崎があっさり笑顔で躱した。

「すみません。急ぎの用がありますので」

「え、ええ。用事があるんです」

強調しただけなのに、橘友梨にキッと睨まれてしまった。完全に敵対視されている。

納得していない顔つきで唇を尖《とが》らせている橘友梨に「失礼します」と一礼し、足早にパーキングへ逃げた。


八日ぶりの出社に、倫章は気を引き締めていた。

マーケティング局のドアを開け、お久しぶりです！　と威勢よく第一声を投げかけると、山田《やまだ》部長や島村《しまむら》課長に、「生還おめでとう！」と拍手で迎えられてしまった。

「水澤くん、早速だが快気祝いだ」

膨大なメモの山と取引先からの郵便物を渡されて、はは…と倫章は苦笑いした。一週間の欠勤だから嫌味のひとつも覚悟していたのに、肩透かしを食らってしまった。

「あの…、急な欠勤で、本当にすみませんでした」

改めて頭を下げると、部長が顔の前でひらひらと手を振った。

「いやじつはね、真崎くんがね、自分が新婚旅行で留守の間、業務が滞《とどこお》らないようにと、しっかり根回しをしていったようでね。ほら、きみの仕事とリンクする部分が多いだろう？　必然的にきみの分も調整されていたようだ。おかげで私も対応が最小限で済んで、却って助かったよ」

「そう…でしたか」

頷《うなず》きながら、いたく感動してしまった。真崎のやつ、心憎い配慮だ。

それでも倫章は仕事に取りかかる前に、現在真崎とふたりで担当しているニッソン自動車の販売促進部・国松《くにまつ》部長に、お詫びの電話を一本入れた。

国松氏は、タバコ代わりだそうなシュガーレスのキャンディーを受話器の向こうでガリガリ嚙《か》み砕きながら、お見舞いされて当然の厭味をひとつつくれた。

「おたくら、どこまでも夫唱婦随《ふしょうふずい》だねぇ」

ダンナが休むからって女房まで休暇をとられちゃかなわんね、と笑われてしまい、返す言葉もございませんと、電話のこちら側で頭を下げた。

「まあ、真崎のダンナの出社日までに、新車発表会用のＣＦプランの叩き台、何本かアップしといてよ」

「わかりました。お任せください」

ふたつ返事で胸を叩いたのには、わけがある。

じつは真崎は、明後日から出社することになっている。だから、あと二日で絵コンテを数点仕上げるのは、本来だったら大変な作業だ。

でも、旅行先でも倫章と真崎は、日本で待っている仕事の話で意外と楽しく盛りあがった。話しながら、ああ、こんな関係っていいな…と感動していたほどに。お互い前線でバリバリ働いて、互いの苦しみも喜びも一緒になって分かちあえて、サポートも万全で……と、考えてみれば最高のパートナーだ。

今回の絵コンテも、パリの街並みを散歩しながら浮かんだアイデアを、デザイナーに向けて国際電話とメールで発注を完了させていたから、あとは最終チェックをすればいいだけ。納期には充分間に合う。

「じゃあ、三日後にお持ちします」

「おう。楽しみにしてるぞ」

国松氏のエールには、そんなに早くできるのかねというニヤニヤ笑いが漂っていた。

でも国松さんは、決して嫌な人ではない。こちらがきちんと仕事をこなせば、口を挟まず任せてくれる度量の大きな人物だ。

五十歳過ぎの国松部長は、最初から真崎を「ダンナ」と呼んで可愛いがってるし、倫章はダンナの女房役とのことで、ときどき「カミさん」と呼ばれてしまう。取引先から愛称で呼ばれるなんて、なんともありがたいことだ。

広告会社という業種は、取り引き企業が伝えたい諸々を、代わりに形にして世に出す仕事を請け負っている。とくに今回みたいに新車発表会ということになれば、ＴＶＣＦ、ラジオ用ＭＣ、ポスターや雑誌などの印刷媒体、加えて都内の大きな会場を借りてコンパニオンを雇ってのプロモーション……などなど、まるでハムスターの増殖のごとく、どんどん仕事が広がっていく。

国松さんは、もともとがプランナー出身のため、真崎と倫章が担当についた当時は、国松さんが立てた企画を形に起こすだけだった。

でもいまは、真崎や倫章の能力を認めてくれて、「これだけの予算をお前らに預けたら、どうやって料理する？」と、最初から金額提示をしてくれる。

これは、広告会社のプランナーとして認められたことになる。莫大《ばくだい》な予算を有効に活かせると信じてくれている証拠だ。

病みあがりなのに大変だなと同情してくれる同僚たちの優しさを、ありがたく、かつ申し訳なく頂戴して、その日のうちに外部スタッフとミーティングを開いた。新車のイメージやコンセプトおよびターゲットは、真崎が電話でしっかり繰り返し説明していたから、チームワークはバッチリだった。

ヒゲ面のアートディレクター・矢坂《やさか》さんが、ファイルの中から紙の束を取りだし、ニッと笑った。顔が自信に満ちている。

それを両手でうやうやしく頂戴し、マンガ形式で描かれたCFのコンテを目で追いながら、ラフを動画に変換した素材《データ》も同時に確認させてもらった。国際電話で何度も打ち合わせしたとおり、インパクトも高級感も文句なし。いいものに仕上がりそうだ。

礼を言うと、矢坂さんは無骨な手で顎ヒゲを撫でながら、豪快な笑いをくれた。

「礼は、ハネムーン中でも仕事に燃えたダンナにどうぞ」

矢坂さんをお辞儀で見送ったあと、印刷媒体のチェックをまとめてこなし、バタバタ走り回っていたら、突然バシッと後頭部を叩かれ、大きく前につんのめってしまった。

「胃腸炎は治ったのか?」

訊かれて振り返って…仰ぎ見たとたん、高飛車な視線とぶつかった。誰だったっけ……と一瞬ぼんやりしてしまったのは、どうして真崎がここにいるんだ? という素朴な疑問から出たボケだった。

ぽかんとしている倫章に一瞥《いちべつ》をくれて、真崎史彦がマーケティング局のドアを押す。キャーッと弾けたのは女子社員さんたちの歓声だ。所帯持ちになっても、いまだ不動の人気を博している男の本性を知る身としては、皆さんに謝って回りたい衝動に駆られる。

空港発の荷物が自分のデスクに届いているのを横目で確認し、真崎が正面デスクへ直進した。山田部長と、斜め前の島村課長に深々と頭を下げている。

女子社員全員の熱烈な視線が、真崎一点に集中する。

席に戻った倫章はわざと目を逸らし、頬杖《ほおづえ》をついて俯《うつむ》き、先程の提案書を眺めている……のだが、意識だけは痛いほど正面のデスクへ引っ張られてしまう。

「おお、真崎くん。出社は明後日からじゃなかったのかね」

「その予定でしたが、少々早めに帰国しました」

「そうかそうか、ご苦労様。で、新婚旅行はどうだったね？」

「はい、おかげさまで。ああ…これ、土産です」

と真崎が微笑を浮かべて部長に渡した包みは、空港の免税店でまとめ買いしたブランデーだ。タバコ好きの島村課長には、木箱に入った葉巻を贈っている。やばい…と倫章は胸元に手を当てた。心臓が爆発的な速さで動いている。

「なんで俺が、こんなにドキドキしなきゃいけないんだ…」

お願いですから、この男に訊かないでください。奥さんは元気かとか、新婚生活はどうだ、とか……。

「美人の奥さん、元気かね？」

うわぁ！　と倫章はその場で総毛立った。

鏡を見なくてもわかる。きっと顔面蒼白《がんめんそうはく》だ。倫章は自分の耳を両手で塞いだ。

倫章の努力も空しく、通りの良すぎる真崎の声は、しっかり部署内に響き渡った。

「さぁ、どうでしょう。じつはもう別れましたので」

「エエエ――――ッ!!」

東京千代田区大手町。

株式会社伝通、本社ビル八階の、マーケティング局フロア。

外部の客やスタッフも含めて、現在総勢二十三人。その全員が、瞬時に石と化した。

十秒ほどの間をあけて、パラ…と倫章が絵コンテをめくった音だけが、やけに大きく響いてしまった。

ふいに外線が鳴った…のに、誰も受話器をとろうとしない…というより、動かない。

あ、部長の携帯も鳴っている。ビクッと飛びあがった部長は、バタつきながら背広のポケットに手を突っ込み、引き抜いた勢いでスマホを空中に飛ばしてしまった。ガンッと壁に当たって床に落下したそれは、空しい音を立てて割れた。これで二件は仕事が消えた……という心配より、部長のスマホは動くのだろうか。

部長と課長は揃って口をぽかんと開き、真崎のポーカーフェイスを見上げたまま、固まっている。

「ど……っ」

先に口を開いたのは、島村課長だ。腰がイスから半分くらい浮いている。

「どっ、どどど、どうっ、どうっ！」

「どうしてだと訊かれましても、事情がありまして」

「なん、なん…なんなんなんなん、ななっ！」

「なぜと訊かれましても、事情があり…」

「真崎くん」

デスクに手をつき、部長がゆっくり腰を上げた。はい、と真崎が静かに返す。

パニック中の島村課長の肩をポンポンと叩いて落ち着かせ、山田部長が真崎を見上げる。

メガネの奥の目の色は、いつもながら穏やかだ。

「ここではなんだから、応接室で話そうか」

「はい」

真崎は素直に頷き、部長のあとに続いて退室した。

靴音が消えたとたん、誰かがガタガタッと席を立った。あちこちでイスが動き、ガガガガガッと机がずれて、倫章はたちまち人だかりの真ん中に埋もれていた。

「水澤ぁぁぁぁあっ！」

……ハイ。

「いまのマジかよ！　真崎の野郎、別れたのか？」

「ねぇねぇねぇねぇ水澤さんっ！　これって一体どういうこと⁉」

「別れたってホントなの？　だったら、いまフリーってことっ？」

「真崎さん、バツイチになったんですか？　理由はなんなんですかっ？」

「彼、他に女がいるの？　どうなの⁉　正直に答えて！　一生のお願い！」

「お前、絶対知ってるだろ！　吐け、水澤！　全部吐けっ！」

集中砲火を浴びながら、倫章は頭を抱えて身を縮めた。

そのあとマーケティング局内では、全員が平静を装いながら、周囲の動向を意識して、真崎の帰還を待っていた。ピリピリとしたムードに、本当に胃がおかしくなりそうだ。

資料をパソコンに取り込んでプレゼン用のデータを作っていると、倫章のデスクの内線が鳴った。

「はい、水澤です」

『俺だ』

声を聞いて、脱力した。人生を簡単に棒に振るバカ男だよ。

「御社とは、お取り引きを中止しております」

『今日はこのまま直帰する。夜、うちに来い。いいな？』

「…お前、人を振り回しすぎ」

『なにか言ったか？』

「残念ながら、そのご用件は対応いたしかねます、と申し上げました」

『……だったら週末、買い物につき合ってくれ』

「検討させていただきます。ではまた後日」

淡々と締めくくって、受話器を置いた直後、倫章の机がパンッと跳ねた。パ、パソコンが爆発したかと思ったぞ。

赤いネイルを辿って顔を上げると、倫章のデスクに手を突いて立っていたのは、本日も一流ブランドのスーツでキメまくりの副社長秘書・橘友梨だった。

美人が怒った顔というのは、なぜこうも迫力があるのか。全身の血の気がザーッと音をたてて失せるほどに。

「ちょっと水澤くん。聞いたわよ！」

「はぁ…」

「真崎くん、離婚したんですって？」

「り…離婚と言いますか、その…」

婚姻届も出していないのに、これを離婚と言うのだろうか。だが、橘友梨が求めているのは、そんな理屈ではなさそうだ。

「昨日空港で会ったとき、なにも言ってくれなかったじゃないの！」

「真崎が言いたくないかな、と思いまして…」

「どうして言いたくないのよ！　私の気持ち、知らないとは言わせないわよ！」

橘友梨が拳で何度もデスクを叩くと、痺れを切らしたのか、女子社員たちが一斉に立ち上がった。それはそれで数の迫力に圧倒される。

「ちょっと！　秘書だかなんだか知りませんけど、騒がないでくれませんか？」

「こっちは二時までにタイピングしなきゃならない資料を抱えて、大変なんです！」

「あなたの大声って、業務に支障をきたすんですけど！」

「真崎さんだって、あなたに好かれて迷惑だって思ってますよっ！」

四方八方から、針のような視線と槍《やり》のような文句が橘友梨に突き刺さる。男性社員は事態のすさまじさに引いたようで、ランチやら打ち合わせやら理由をつけて逃亡を図った。

だが橘友梨は、女性社員たちの攻撃など痛くも痒《かゆ》くもないのだろう。形のいい胸の前で堂々と腕を組み、彼女たちを高慢に一瞥すると、芝居がかった高笑いまで披露した。

「マーケティング局の女性社員って、ヒステリー揃《ぞろ》いで笑っちゃうわぁ。余裕がなくて必死で、まるで動物園みたい」

「なんですって…？」

「私と対等になりたければ、真崎くんと並ぶにふさわしい容姿になってからになさい。あなたたち程度のレベルじゃ、なにを言っても見苦しいわ」

熱い火花を通り越し、雷鳴が轟《とどろ》いた。

お腹を押さえ、倫章はデスクに突っ伏した。本当に、胃に穴が開いた気がする……。


そして、週末。

悶々とした心を逆撫でるかのような、外出日和になってしまった。

倫章のマンションに愛車のボルボを駆って登場したのは、真崎史彦。時刻はまだ朝の九時だ。パジャマ姿のままコーヒーを啜《すす》っていた倫章は、強引に着替えを促された。

「こんな早くから、どこへ行くつもりだよ」

「新宿だ」

「新宿～？　休日だから混んでるぜ？　今日は部屋でゆっくりしたいんだけどな…」

「いいから、さっさと着替えろ」

追い立てられて、仕方なく倫章はクローゼットの前で着替えを始めた。真崎はと言えば、ソファに座ってスマホをチェックしつつ、図々しくも倫章のコーヒーを飲んでいる。

本日の真崎のファッションは、ショートブーツにビンテージ・デニム、ラフな茶系のハイネックにグリーン系のストールを巻き、ベージュのジャケットなる組み合わせだ。ベーシックな装いながら、真崎が着るとファッション誌から抜けだしたようにグレードアップする。

だが倫章も負けてはいない。差をつけられるのは同じ男として悔しいし、どうせ並んで歩くなら、雰囲気を揃えてバランスよくありたいと、日頃から意識はしているのだ。

とりあえず自分もデニムでキメて、ダークグレーのシャツに黒のハーフコートを重ねた。差し色は、リールで真崎がプレゼントしてくれたパープルグレーのマフラーだ。やりすぎず、離れすぎず。ほんの少しだけペアを意識してみた結果、

「いいコーディネートだな」

と、真崎が満足げに目を細めた。そう？　と当然の口調で返すのは楽しい。

「せっかくの休日だけど、つき合ってやるよ」

上から目線で玄関に赴き、靴を履いて顔を上げたとたん、チュッと唇を盗まれた。

ボンッと顔から火を噴いたら、真崎に見られて笑われた。

「そんな初々しい反応で、俺を喜ばせてくれるな」

結局いつもの真崎優位は変わらない。でも、その笑顔が見られるなら、仕方ない。

「行くぞ、倫」

「はいはい。どこへでも、ついて行きますよ」

苦笑して、倫章は肩をすくめた。

九時過ぎに家を出たのは正解で、新宿に到着したころには十時を回っていた。

駐車場はどこも満車で、車庫入れが完了するまでに、プラス二十分を費やした。

「電車で来たほうが早いってことは、わかってるんだけどね」と倫章が言えば、真崎も「休日くらい電車から解放されたい」と、毎日通勤ラッシュに揉《も》まれるサラリーマンならではの同意をくれた。

それに、普段は聴く時間をとれない音楽を車内でじっくり楽しめるから、このロスタイムは嫌いじゃない。

ちなみに今日のBGMは、先日CMの挿入曲でお世話になった、アコーディオン奏者・cobaさんの新譜。ドライブにはピッタリの、流れるようなメロディと音色だ。

車から解放されたあとは、リビング関連の専門ビルへ向かった。あちこちの建築雑誌やデザイン誌でも紹介されている、インテリア好きの定番スポットとなっている。

店を見て回るより先に、ショッピングセンター内のデリでブランチをとることにした。バゲットを使ったサンドイッチが人気の店だ。

麗しのフランスよ再び…と郷愁に誘われ、倫章は生ハム、真崎はペッパービーフをチョイスした。出来たてのそれに早速かぶりつき、目と目を見交わし、無言で数回頷きあう。

フランスでも同タイプのサンドイッチを何度か口にしたけれど、パンの香ばしさではひけ真崎と過ごした甘い時間までが蘇《よみがえ》る。懐かしい食感に、を取らない。

「アミーゴ、元気かな」

「アミーゴを思い出すな」

同時に言って、笑ってしまった。

ブランチを終え、エレベーターで三階へ移動した。ここから八階までの全部がインテリア・ショップだ。フロアは女性客や若いカップルで溢れ返り、スタイリッシュな家具たちが所狭しとディスプレイされている。

「そういえば、今日の目的は？」

なにを買うんだ？　と倫章は何気なく訊ねた。一緒に過ごす休日は、大抵が真崎の車でドライブして、お茶を飲んだり映画を見たり、美味しそうなレストランで腹を満たして帰ってくる…という感じで、すべて真崎任せだから、今日も気軽についてきたのだが。

「新居には家具が必要だろ？」

「新居？」

ダイニングテーブルを物色しつつ、真崎が倫章を斜めに見下ろす。

「なにを他人事みたいに呆《ほう》けている。一緒に暮らすと決めただろう？」

「へ？」

突然の展開に、きょとんと目を丸くして……いる場合じゃない。テーブルの耐久性を確かめている真崎の腕を、ちょっと待てよと慌てて摑《つか》んでこちらを向かせた。

「一緒に暮らすのは…その、もちろん了解したけど、家具はちょっと早すぎないか？ 普通は部屋に合わせて選ぶものだろ？ 順序が逆だと思うぜ？ まだどこに住むかも決めていないのに、いまそんなデカイもの買っても…」

「家なら、もう決めてある」

「は？」

倫章はポカンと口を開けた。事務的な口調で、真崎が追い打ちをかけてくる。

「三鷹《みたか》駅徒歩五分。新築マンション最上階の３ＬＤＫ。リビングが広い半円形で、日差しも良く風通しがいい。極めつけは、バルコニーだけで五十坪だ。職場まで、乗り換えなしで約四十分。家具さえ揃えれば、今日からでも生活できる」

はぁ？ と倫章は眉を寄せた。抗議する権利はあるはずだから、言わせてもらう。

「いつ決めた？ いつ借りた？ 俺、なんにも、なんにも、なーんにも聞いてないけど」

「借りたんじゃない。買ったんだ」

「よ――――余計、意味不明だろっ！」

一体なにをどこから攻めれば真崎が陥落するのか、見当がつかない。ワナワナと身を震わせる倫章を無視して、真崎が店員を手招いた。さっさとテーブルを注文している。

「おい真崎、決めるのが早すぎるって言っ…」

「気に入らないのか？　このダイニングテーブルが」

「え？　いや、そういうわけじゃなくて…」

「メープルの一枚板だ。作りもいい。デザインもシンプルで飽きない。どう思う？」

「まぁ……お前の言うとおりだと思うけど、でも…」

「では、このシリーズでダイニングチェア二脚とワゴンもお願いします」

「はい！　お買い上げ、ありがとうございます！」

…って、おいこら真崎。同居人の意志を無視するなよ。

ご新居ですかと訊ねられ、そうですと気軽に答えた真崎が、倫章を引きずったまま今度は寝具ショップに移動して、倫章の了解を得ないままダブルベッドを発注した。

「倫章、お前も少しは意見を言え。ベッドカバーは何色がいい？」

怒りのあまり声を出せずに震えていると、これみよがしに真崎が肩を竦めた。そして勝手にシーツや枕カバーをチョイスして、数枚まとめて購入した。気前のいい客に、店員が喜々としている。

「ベッドカバーと共布で、クッションやラブチェアのオーダーメイドも出来ますが、いかがですか？　カタログをご覧になりますか？」

「ああ、ぜひ拝見したいですね」

「はい！　ただちにお持ちいたします！」

飛ぶようにして店員さんが駆けていった直後、倫章は真崎の肩を摑み、強引に振り向かせた。

「お前なぁ、人目があるから我慢しているものの…」

「キスしたいのか？　俺なら構わないぜ？」

違う！　と即座に歯を剝いた。

「殴られないだけ、ありがたいと思え！」

「殴る？　家具付きのマンションをプレゼントしてやるのに？　そりゃ理不尽な話だ」

ポーカーフェイスで躱《かわ》されて、倫章はまたしても返す言葉を失った。手が出そうになるところをグッとこらえ、ボリュームを極力押さえて憤懣《ふんまん》をぶつける。

「理不尽は、どっちだよ。相談もなく、なんでもかんでも勝手に決めやがって」

「相談しただろう？　ダイニングテーブルは、お前が賛同したから購入したんだ」

「賛同って…、どう思うかを訊かれたから、それに答えただけの話で…」

「ベッドカバーの色も、俺はお前に意見を求めた。返事をしなかったのは、お前だ」

「じゃなくて！　こんな大切なこと、どうしてもっとゆっくり時間をかけて考えようとしないんだよ！」

まったく表情を変えない真崎の態度に苛立って、倫章の口調も荒くなる。

「これ以前に、やるべきことがあるだろ？　優先順位が間違ってるよ。新しい生活を始めるのは、いままでのことを片付けてからだ。まずは頼子さんのことを、お前は自分の親や親族に誠意をもって説明しないと。本当は今日、ショッピングなんかしてないで、実家へ行くべきだったんじゃないのか？」

倫章としては正論を述べたつもりだった。でも真崎は気にくわなかったらしい。

「いまさら逃げるなよ、倫」

低い声で脅すように言われて、思わず退いてしまった。

「パリでの約束は、戯言《ざれごと》か？」

「そうじゃなくて、ただ、順序が……」

迫力に負けて、つい視線を泳がせてしまった。困惑の末に逸らした視線の真正面は、上りエスカレーターだ。次々に人が上ってきて――。

とあるシルエットを捉えた瞬間、倫章は硬直した。

見覚えのありすぎる女性が、突如出現したからだ。

「うわっ！」

記憶が彼女を認識したとたん、全身の毛がバババッと逆立った。

なんだ？　と真崎が眉を寄せる。説明するのももどかしくて、とっさに真崎の背後に身を隠した。いや、隠れてもムダだけど。そんなことは充分わかっているけれど。

「あら、真崎くんじゃない？」

固くて高い金管楽器のような声に、今度は真崎が目を見開いた。呼ばれた方角へ首を回し、恐らく自分の目を疑い、夢ではないと確信してから固まった。固まるのだ、真崎でさえも。

美貌の副社長秘書・橘友梨が、大きな胸を左右に突き出すようにして駆けてきた。ヒールの音まで金属的だ。

脇目も振らずに突進してきた橘友梨は、まるで生き別れの恋人との再会を果たしたかのごとく、真崎にヒシッとしがみついた。真崎の恋人として、ここは憤慨する場面だと思いつつも、相手が橘友梨ではいろいろ次元が違いすぎて、嫉妬心すら反応しない。

「やだぁ！　すごい偶然！　この間といい今日といい、なんだかこれって運命的だわ！」

アーモンド型の大きな瞳をキラキラさせて、橘友梨が加速する。

「なんだかいつもと印象が違うわ、真崎くん。普段はそうやって前髪をおろしてるの？　すごく優しい感じよ。真崎くん、今日はどうしたの？　ひとりでショッピング？　お目当ての品は、なぁに？　私、いま来たところなの。ちょうど今日は予定がないからラッキーだわ。なんでも相談して。私、結構センスいいのよ」

ハイ・テンションな攻撃に、さすがの真崎も困惑している。仕方なく倫章は、どうも…と陰から顔を出した。

あら、と橘友梨が目を丸くした。と同時に、満面の笑みを露骨に消され、邪魔者だったと思い知った。すみません…と無意識に謝りそうになって、真崎の溜息で我に返った。

「また水澤くんも一緒？　もしかして、ふたりで買い物に来たの？」

「ええ、そうですよ」

胸を張って答える真崎の挑戦者ぶりに、目眩《めまい》がした。

真崎の腕に腕を絡ませたまま、橘友梨が倫章をじろじろと眺め回す。

「会社でも一緒なのに、プライベートでもべったりなのね」

べったり、をやけに強調されて、弁解よりも不快が先に立つ。それでもこの場を凌《しの》ぐために笑みを作ろうとしたのだが、真崎に先を越されてしまった。

「そうなんですよ。こいつとは気が合うんです。いまも、新居の家具を一緒に選んでいたんです」

「ちょっ、おい、真崎っ」

突然なにを言いだすんだ、このバカッ！　と焦っているのは倫章だけで、真崎は完全にいつもの不遜《ふそん》さを取り戻している。それはそれで、なにを言い出すかわからないから逆に怖い。

「新居？　あら、誰の新居？　だって、奥様とはもう離婚したんでしょ？」

「え…と、あの、橘さん。そうじゃなくて、ですね、その…」

なんとかして割り込もうと試みたが、橘友梨の意識は百パーセント真崎に向かってしまっていて、倫章などは蚊帳《かや》の外だ。

「離婚したばかりなのに、新居の準備をするの？　ということは、離婚の原因は真崎くんの……浮気？　真崎くん、どなたか別の人と一緒に暮らす予定でもあるの？」

「ええ、その予定です」

こら！　と倫章は真崎の袖を引っ張った。橘友梨が、すかさず突っ込む。

「水澤くんは知っているのね？　お相手は誰？　まさか、マーケティング局のお猿さんたちじゃないでしょうね。誰にも言わないわ。約束する。だから教えてよ」

橘友梨の大きな目には、はっきり「興味」と書かれている。どう答えたものか、倫章は何度も生唾《の》を呑み込んだ。

真崎が口を開きかけ、あわや修羅場に突入か！　と覚悟したところへ、先程の店員が戻ってきた。お待たせしましたと何度も頭を下げ、分厚いカタログをテーブルに置き、息を切らしてページを開く。

「オーダーメイドのラブチェアは、このようなタイプをとり揃えております」

男ふたりを押しのけて、橘友梨が身を乗りだした。わぁ素敵！　と胸の前で両掌を組み、チラリと真崎に流し目を送る。口元は笑っていても、目は一流のハンターだ。

「ねえ、ラブチェアを買うの？　どうして？　ねぇ教えてよ、水澤くん」

動揺のあまり言葉が出ない。助けを求めて真崎に視線を飛ばしたら、真崎はまたしても勝手に店員と相談の末、ラブチェアを一脚選び、精算をお願いします、とゴールドカードを渡してしまった。

「…お前、いまなにが起きているか、わかってないだろ」

倫章の呟きなど、真崎には蚊の飛ぶ音にしか聞こえないらしい。

お待ちくださいと言い置いて、店員が一旦さがった。その直後、どういうつもりか、真崎が橘友梨の肩に腕を回したのだ。

ギョッとしたのは、倫章も、橘友梨本人も。真崎ひとりが余裕綽々《ゆうしゃくしゃく》で微笑んでいる。

「バツイチ男はモテるそうですね。だとすれば、やはり準備は必要でしょう?」

至近距離で、超絶美形の微笑みを注がれてしまった橘友梨が、まぁ…と感嘆を漏らし、頬を染めた。ハンターの目が、柔らかな獲物の瞳に変わる。

「フリーになったことですし、これからは堂々と、女性をお誘いしようと思いましてね。…いまのラブチェア、どう思います? ゆっくりくつろげそうですか?」

このセリフには、倫章もこめかみを引きつらせた。

「それは私を誘っていると解釈して、いいのかしら?」

「…おい真崎」

聞こえているはずなのに、真崎はちらりともこちらを見ない。わざと無視する真崎の態度に、倫章は次第に苛立った。

「それ以外にどう聞きとれますか？　友梨さん」

「真崎ッ！」

店員が戻ってきて、真崎にカードを返却した。レシートに手早くサインをすると、真崎は前髪を手櫛《てぐし》で掻き上げ、ようやく倫章を見下ろして……微笑んだのだ。

他人を見るような、目つきで。

ゴクリ…と倫章は息を呑んだ。演技なのか、本気なのか、まったく読めない。

「じゃあな、倫章。ここで別れよう。俺はこれから友梨さんとデートだ」

頭に強烈な一撃を受けた思いで、倫章は唖然《あぜん》と立ち尽くした。

行き交う誰もが無意識に振り向く美形カップル・真崎史彦と橘友梨は、仲睦まじく下りエスカレーターへと消えた。

雑踏の中に、倫章を残して。


もう九時だ。いわゆる二十一時。

部屋の中はとっぷり暮れているけど、電気をつけるのも億劫《おっくう》だ。

腹は……たぶん、かなり空いている。とりあえずキッチンへ這《は》い進み、冷蔵庫を開けてみたものの、食材はほとんど入っていない。かといって、わざわざ買いに行く気も食べに行く気も起こらないから困ったものだ。

仕方なく寝室へ戻り、床にしゃがみ込んでベッドに顔を伏せた。

真崎は橘友梨と、きっと豪勢な食事をしたのだろう。いや、している最中だろうか。

「なんでもかんでも、勝手に決めやがって…」

たぶん真崎は気に入らなかったのだろう。せっかく真崎が新居を楽しみにしているのに、常識的な意見を並べたてて待ったをかけた倫章に、しらけたのだ。

一日も早く一緒に暮らしたいと思ってくれていることは、もちろん知っている。でも真崎が離婚したというだけで、上司も同僚も、あんなに動揺するのだ。真崎という人物は、それほど周囲から注目されているし、期待もされている。そういう意味でも、もっと自覚が必要じゃないのかと……倫章としては、また迷いが生じてしまうのだ。

本当に真崎は倫章なんかを……女ではなく男を選んで、それでいいのか？　と。これだけ心配しているのに、もうマンションは買ったなどと言われたら誰だって驚くし、負の方向に気持ちが揺れるのは当たり前だ。

それに真崎は、現にこうして――。

「俺のことなんか放ったらかしで、他の女とヨロシクやってるんじゃないか」

両拳で羽布団をぶっ叩き、あー あ…と投げやりな溜息をついた。布団に顔をこすりつけ、髪をくしゃくしゃと両手で乱した。と、そのとき。

ピッタリ閉ざした窓越しに聞こえたのは、耳慣れたボルボのエンジン音！

まさか…と息を詰め、耳を澄ませると、車のドアがバンッと閉まった。……真崎だ！

条件反射で立ち上がり、焦って部屋を歩き回って、無駄と知りつつ隠れる場所を懸命に探した。

ほどなくして、ノックの音が部屋に響いた。壁に張り付き、鼓動を乱し、息を潜めて待つこと三十秒。想像以上に忍耐強くなかった真崎が、鍵穴にキィを差し込んだ。ドアロックをしておけばよかった…と後悔し、いや、そんなことをしたら、あとでどんな目に遭わされるか…と冷や汗をダラダラ流した。真崎のせいで、気持ちの急変に疲労困憊《ひろうこんぱい》だ。

部屋は真っ暗なのに、真崎は倫章が隠れていることを完全に見抜いていたようだった。ドアが開き、閉まる。ブーツを脱いだ長身が部屋にあがり込み、迷いのない足取りで寝室のドアをバンッと開いた。

一段と冷ややかな空気をまとった真崎史彦が、電気をつけ、倫章の前に立ちはだかる。

「いるなら、返事くらいしろ」

憮然《ぶぜん》と言葉を投げつけてくる男を見上げずに、倫章は訊いた。

「したのか？　橘友梨と」

言って、心が凍りついた。まさか自分がそんなことを考えていたなんて、口にするまで気づかなかった。なんという醜いセリフをぶつけてしまったのだろう。嫉妬するはずがないと思っていたのに、こんなにも汚い感情が燻《くすぶ》っていただなんて。

本心に気づいたら、これ以上感情を抑えることは困難だった。

「橘友梨とセックスしたのかって、訊いてるんだッ！」

振り向きざま、真崎に枕を投げつけた。それだけでは気持ちが治まらなくて、真崎の胸ぐらを両手で摑み、激しく揺さぶった。右拳を振り上げたのは、本気で殴るつもりだったからだ。

それなのに倫章は真崎の胸に、すっぽりと埋まっていた。

「……っ」

優しく温かく、慈しみながら抱きすくめる腕が、無言で髪を撫でてくれる。

胸が、詰まった。

「話をしただけだ」

声につられて顔を上げると、清々しささえ漂う笑みに迎えられて、胸がキュンとした。

「お前とのことを、説明してきた」

「説明…って」

「頼子と別れて倫章と暮らすと打ち明けたんだ、正直に」

一瞬視界が大きく揺れた。倒れそうになる倫章を支え、真崎が続ける。

「彼女の気持ちがこれ以上エスカレートしないうちに、話すしかないと思ったんだ。…彼女は理解してくれたよ。俺たちのことは誰にも言わないと誓ってくれた」

「誰にも、言わない……？」

倫章の不安を取り除こうとするかのように、真崎が力強く頷いた。

「お前に許可を得ずに、俺たちふたりの仲を他人に打ち明けたことは、悪かったと思っている。でもな、倫。言えばお前は、間違いなく反対した。だからあの場は彼女をデートに誘うふりで、一旦お前から離れたんだ」

あの短い時間で、真崎がそこまで考えてくれたことに、倫章は素直に感動した。相談もなしに真崎が行動を起こしたのは、逆に言えば、それだけ倫章を信じていた証拠でもある。心が落ち着いたいまなら、真崎の思考を正しく理解できる気がした。

「遅かれ早かれ、彼女には本当のことを告白する必要があった。わかってくれ、倫」

早まった真似を…と厭味のひとつも言いたかったが、橘友梨の心情を思うと、もうそれ以外に手はなかったと諦めもつく。だから倫章は、真崎を罵倒できないかわりに自分の唇をきつく噛《か》んだ。痛みは分け合うべきだから。

「怒っているのか？」

と訊かれても、この複雑な気持ちをどう伝えればいいのだろう。

男同士の親密な関係を他人に告白するのは、いくら肝の据わった真崎でも、かなりの勇気が必要だったと想像できる。自分だったら、怖くて絶対に告白できない。

倫章の心をそっと優しく撫《な》でるように、真崎が穏やかな言葉をくれる。

「彼女に打ち明けることは、俺もギリギリまで迷ったよ。だが、彼女の態度がお前の心を乱すなら……俺はいつでも行動を起こす。お前を守るために」

頷くしかなかった。倫章だけじゃない。真崎も悩んだのだ。倫章のことをちゃんと考えてくれたうえで、打ち明けるのが一番いいと信じて。

「言ったことは、もう仕方ないよ。彼女が納得してくれたなら、それを信じよう」

すまん、と真崎が囁いた。いいよ、と笑って返せた自分にホッとした。

「真崎にそんな顔をさせてしまうほうが、もっと辛いよ」

「倫…」

真面目な顔で手を握られたから、くすくすと声を立てて笑ってしまった。

「俺を許してくれるのか？　倫」

「たまには、理解あるとこ見せたいだけだよ。それに真崎は俺を守ってくれたんだから、感謝しなくちゃ」

倫…と呟いた真崎が、ベッドサイドに腰をおろした。手を引かれ、そのままベッドに仰向けになった。真崎が上から体を重ね、再び優しく名を呼んでくれる。

「ん…」

キスされながらデニムのボタンを外され、ファスナーを下げられて。このあとはもう慣れたものだ。ドキドキするというより、やっといつものふたりになれた気がして安心する。

喜んで真崎に全部を捧《ささ》げられる。

中心の膨らみを揉《も》んでくれていた真崎の右手が、ほどなくしてブリーフの中に侵入し、直に倫章に触れてくれた。

「ん…ぁ」

腰をもぞもぞと動かしてデニムを膝まで下げると、あとは真崎が処理してくれた。

倫章も真崎の前に手を添え、同じように真崎を外に解放した。両手に余る立派な逸物は、今夜も強烈な存在感を誇示している。

真崎の両手が倫章の体を這い回り、邪魔な衣服を器用に奪った。拙いながらも、倫章も真崎の手順を追って、脱がせながら夢中でキスした。

「真崎の唇、気持ちいい」

「だから、外でもしてやろうかと訊いたんだ」

「外は……無理」

クスクス笑って啄み合い、性器同士をくっつけて、生じる刺激を楽しんだ。

しっかりと抱き合い、互いの肌の温もりに安堵しながら羽布団に埋もれる時間の、なんと幸せなことか。抱き合えば、悩みもなにもかもすぐに忘れる。

今夜はずっと正面から抱き合っていたい。だから倫章は真崎が入れやすいように、足を左右に大きく開脚して誘った。

この体勢で？　と舌を吸われながら訊かれて、今夜はキスしたままいきたいんだと、正直に要求した。

「お前が女にインポなんて、信じられないな」

こんなときに、そんなムードのないことを口にする神経が信じられない。怒ったふりで唇を離し、倫章は真崎を睨みつけた。

「誰のせいで、俺がこんなになったと思ってるんだ？」

高い鼻を倫章の鼻に押しつけて、ふ…と真崎が微笑んだ。

「俺のせいだよ、倫章」

言いながら鼻の頭にキスをして、頬にもキス、こめかみにも。

「俺がお前を、こんな体にしたんだ。俺が触れれば感じる、俺専用の体にな…」

訊きたかったこととか、言いたかったあれこれなんて、もはやすっかり後回し。真崎に腰を抱き寄せられ、硬いもの同士がぶつかり合う。上がってしまう息を懸命に抑えながら、無心で下身をこすりつけ、痺《しび》れるような快感に身震いしながら口の中を舐《な》めあった。

「気持ちいいか？　倫」

「うん…、すごく、いい」

グリグリするの、好きだよ……と照れを隠してそっと伝えたら、もっとしてやるよと腰を押しつけられて、かなり困った。

「あ…」

「なんだ？」

「シャワー浴びてない」

いまさらどうでもいいことを呟くと、真崎がチョンと鼻にキスしてくれた。

「どうせ汗まみれになるんだ。それに、お前の汗は……興奮する」

「真崎……っ」

たまらなくなって、真崎の首に両腕を巻きつけ、首筋に顔を押しつけた。真崎の腰に両脚を絡め、欲しいと全身で訴えた。真崎はすぐにわかってくれて、後ろに長い指を咥《くわ》えさせてくれる。ゆっくり回して、しっかりほぐして、倫章の中が柔らかい熱を帯びたころを見計らって、太いそれを押し込んでくれる。

「ちょうどいいタイミングが、どうしていつも、わかるんだ…？」

入ってくるものの大きさと逞《たくま》しさに息を詰めながら訊くと、「俺の指は、お前の尻専用の温度計だからな」と、赤面するしかない下品なジョークを返されてしまった。

「ぁ、ぁあ、あっ、あっ、あっ、あ…！」

真崎が腰の反動を使って、ぐいっ、ぐいっと押し込んでくる。でも、それでも倫章のそこが狭すぎて、なかなか根元まで入らない。真崎は眉間にシワを刻みながら、途中何度かインターバルを取り、時間をかけてすべてを納めた。

「やっと……入っ…た…っ」

呟くと、真崎が苦笑を漏らした。痛いほど真崎の気持ちがわかるから、つい無意識に気持ちを代弁してしまう。

まるで心臓みたいに、真崎のものがドクンドクンと脈打っている。そのたびに倫章までが、ゾクン、ゾクン、と突き上げるような痙攣《けいれん》に襲われるのだ。

「キス…」

して、とせがむまでもなく、唇を覆われていた。

騒々しい世間も、面倒くさい常識も、いまだけは完全に頭から追いだしたい。ふたりだけの世界に溺れたい。

十年も費やして、やっと恋人同士になれたのだから。きっと、お互いがずっとなりたかった関係に、ようやく辿《たど》りつけたのだから。

「俺……、真崎しか、ダメだから…っ」

十年もかけて、ようやく自覚できた本心を、改めて恋人に伝えた。その一言が真崎のなにかを触発してしまったようで、いきなり突き上げが早くなり、激しくなって、倫章はベッドから振り落とされそうになってしまった。

「い…、痛い、もう少し、優しく……っ」

「悪い。無理だ。我慢してくれ」

「あっ、あぁっ、あ…！」

「俺も、お前しかいない。お前しか考えられない。だから……あと少し…っ」

「うん…っ」

叩きつけられ、首筋に噛みつかれ、汗が噴き出し、飛び散った。きっと下も暴発している。それすら自覚できないくらい、エクスタシーが途切れない。

「真崎、真崎、真崎……！」

大胆に揺さぶられ、自分がどこにいるのかもわからない。倫章はとっさにベッドシーツを摑んだが、勢いあまってビリッと破れた。

気づいた真崎が、出し入れしながら教えてくれる。

「どうせ、このシーツは用ナシだ」

「うん…」

大きく腰を揺さぶりながら、楽しい未来を教えてくれる。

「新居のベッドは、ダブルだ」

「うん…っ」

ぎりぎりまで退いたものを一気に押し込まれ、目の前で火花が散った。同時に、倫章の先端からも歓喜が飛び散る。

「このベッドも、もう必要ない」

「だから…、破壊しても……構わないよ」

さっきからギシギシミシミシうるさいベッドに、倫章は苦笑を漏らした。

「きついか？　倫」

「キツイ…けど、だい、じょ…ぶ…」

真崎が頷き、腰を叩きつけてきた。硬いものをぶつけられるたび、倫章は恍惚《こうこつ》となって身を震わせた。

汗で前髪が額に張りつく。それを指で梳《す》いてくれながら、真崎が囁く。

「一緒に暮らすようになれば、眠るときも、目覚めのときも、側にいられる」

「う、ん…っ」

突き上げられて、息が止まった。震えながら溢れさせている倫章を、真崎が愛しげに見つめてくる。その熱っぽい視線だけで、また倫章は少し漏らしてしまうのだ。

「ひとつの部屋で、いつもお前の視線を感じて、息づかいに耳を澄ませて…」

「んぁ……っ、あ、あ…っ」

「狭いラブチェアで毎晩よりそって、お前の体温を感じられる…」

「はぁ……ぁあ、んっ」

「ペアのカップ、ペアのローブ、ペアのパジャマにスリッパ。恥ずかしいくらい揃えような、倫」

「うん…真崎、真崎……っ」

痛いのと、気持ちいいのと、恥ずかしいのと照れくさいので、感情が入り乱れて交差して、なにがなんだかわからないまま、倫章は懸命に真崎を受け入れた。と、真崎がクスッと笑みを漏らした。

「今日はやけに扇情的だな。どうしたんだ?」

息も絶え絶えになりながら、倫章は返した。

「本当にお前と、恋人同士になったんだ…って思ったら、なんか急に……」

愛しくなってきて、とまでは照れくさくて言えなかったけれど、たぶん真崎には伝わってしまったように思う。その証拠に、真崎が目尻を極限まで下げた。

「なったんだよ、恋人に。俺はお前の、お前は俺の……伴侶だ」

「そんなふうに言われると……嬉しすぎて、泣けてくる」

ははは、と笑って誤魔化したのに、目の奥が熱くなってしまった。真崎が瞼《まぶた》にキスをくれる。そして、もっと泣かせてもいいか? と、恥ずかしいセリフを耳許で囁いてくれた。

「倫、いつもお前を抱かせてくれ。いつもお前の中に包んでくれ。俺と一緒に暮らしてくれ。俺だけを見てくれ。俺のものになってくれ。俺から離れるな。一生離れるな。頼む、倫。倫章…」

大きく出し入れして、両腕でしっかりと倫章を抱きしめて、何度も真崎が繰り返す。

「お前だけなんだ……倫。俺には、ずっとお前だけだったんだ、倫章」

「うん、真崎…」

鼓膜で、肌で、全神経で、倫章は真崎の懇願を承諾した。本当に俺だけか？　なんて無粋なことは、もう言わない。真崎の声に導かれて頷くことは、至福の極みだったから。

もっと真崎を包みたくて。真崎のものになりたくて。

真崎がもっと、深いところに根ざしてくれることを願って。

「一緒に、真崎……っ」

「倫章…！」

体を張って真崎を受け止めている自分が……まるで真崎を守って、包んでいる自分が、誇らしいと思えた瞬間だった。

「愛してる。倫――――…」

掠《かす》れ声を震わせて、真崎が放った。

同時に倫章も、何度目かの解放感に酔いしれた。

全身を包む心地よい痙攣と、心の充足感がたまらなくて、目を閉じた。

感極まって、ちょっとだけ…ほんの一筋だけ流してしまった涙は、しっかり真崎に見られてしまった。

結局真崎はそのまま倫章の部屋に一泊し、翌日の日曜、三鷹の新居へ案内してくれた。すでに管理会社から譲り受けたという鍵で、オートロック・キィを解除する。三十階以上の住人のみが使用出来る高層階専用エレベーターで最上階の三十四階に到着すると、なんとこのフロアには、ひと部屋しかなかった。贅沢《ぜいたく》すぎて、開いた口が塞がらない。

「感想は？」

訊かれて倫章は首を横に振った。感想など、恐れ多くて口に出来ない。そんなことより、一体いくらしたんだと、下世話な心配が頭を過ぎる。

「贅沢な構造だろ？　これならお前も隣を気にすることなく、盛大に絶叫できるな」

「そういう基準で選択したのかよ」

精一杯の厭味を言うと、真崎が肩を揺らして笑った。

快い音を廊下に響かせ、施錠を外す。ドアを開けたとたん、開放的な玄関が目に飛び込んできて、一目で気に入ってしまった。

「あがっていいのか？」

「当然。俺たちの新居だ」

言われて苦笑し、靴を脱いだ。

俺たちの新居と言われても、まだ実感が湧かないし、なんとなく緊張もしている。でもそれは、言っておくけど不安じゃない。期待と喜びが百パーセントを占めている。

「完全に南向きだな。すごく日当たりがいい」

きょろきょろと室内を見回しながら、倫章は半円形のリビング・ダイニングに足を踏み入れた。白い壁に胡桃《くるみ》の木を使ったフローリング。広くて清潔で落ちついている。真崎が即決しただけあって、風通しもよく開放的だ。

「なぁ真崎。バルコニーに出てもいい？」

「ああ。靴、持ってきてやろうか？」

「ううん、いいや。綺麗《きれい》だから裸足でＯＫ」

靴下を脱いで素足になり、ひんやりとした敷地に足をおろして顔を上げた。

「うわ…！」

話に聞いていたとおり、広々としたバルコニーだ。

周囲に大きな建物がなくて見晴らしはいいし、なんと言っても最上階だから、バーベキューだって日光浴だってやり放題だ。視線の先に井の頭公園の森が広がっている。

「気に入ったか？　倫」

バルコニーに腕を預け、三鷹の街を眺めていると、真崎が声を投げてきた。リビングの窓をひとつひとつ開けながら、空気を入れ換えている。ガラス越しに見つめてくる目が生き生きしていて、見ているだけで心が弾む。

そんな真崎のキラキラに負けないくらいの笑みを湛《たた》え、大声で返答した。

「もうバッチリ。文句なし！」

大きく伸びをして、深呼吸して、倫章はリビングへ引き返した。と、真崎がジャケットの内ポケットから、なにかを取り出した。

「手を出せ、倫」

顎をしゃくられて、言われるままに従った。チャリ…と金属の触れあう音がする。真崎が倫章の掌に置き、しっかりと握らせてくれたのは。

「これ、ここの鍵？」

そうだ、と真崎が誇らしげに頷いた。

「お前の鍵だ。新居を気に入ってもらえて、よかった」

安堵した顔で言われて、ジーンとした。気に入るかどうか、真崎はずっと心配していたのだろうか。…嫌がるはずないのに。真崎が選んだ場所なのだから。

倫章は自分の手を見つめた。銀色の小さな鍵。真崎と揃いのキーホルダーがついている。

「……ありがとう」

感無量で受けとったそれを、倫章は大切に握りしめ、自分の胸元に押しつけた。

真崎の顔を見ていられなくて俯いたのに、顎に手を添えられ、上向きに戻されてしまった。さらにもう少し上を向かされて、唇で唇に挨拶されて。

嬉し恥ずかし、新居でのキス第一号をいただいてしまった。

さて、一夜明けたら早くも月曜。また一週間、怒涛《どとう》の業務が待っている。

「さーて、今日も頑張るぞっ！」

デスクに到着し、よし、と自分に喝を入れてパソコンを立ち上げ、午後一番でアップする企画書と向きあった。

「やる気充分だな。倫章」

隣席の真崎に言われて、まあね、と軽く返してやった。

真崎は午後からニッソンさんと打ち合わせだ。夜は国松部長に誘われているそうだから、たぶん明日まで会えそうにない。そりゃ少しは淋しいけど、でも、あと少しの辛抱だ。

引っ越し予定は来月中旬。そうしたら毎朝毎晩互いの顔を見ていられる。どんなに仕事に忙殺されていようとも、社内ですれ違いが続いても、家に帰りさえすれば同じベッドで眠れるのだ。「お帰り」と「お疲れ様」を、笑顔と抱擁で相手に伝えてやれるなんて、考えてみたらすごく楽しい。それと……もうひとつ。

誰よりも早く、「おはよう」の挨拶を交わせる。

「あ、やばい」

呟いて、倫章は自分の頬を両手で押さえた。顔の筋肉が弛んでいる。果てはニヤニヤ笑いまで漏れそうになって、とっさに資料の束で顔を隠して席を立った。こんな顔、真崎にこそ見られたくない。

「どこへ行くんだ、倫」

「あ、うん。ちょっとミーティングルームに用事」

出先を伝えて、真崎の隣席から逃亡した。意識しすぎて顔が筋肉痛だ。

とりあえず、宣言したからにはミーティングルームに行かねばならぬ、というわけで。

資料で顔を隠したまま通路に出て、角を曲がったとたん、ふいに右肩を後方へ弾き飛ばされた。誰かにぶつかったと認識したときには、持っていたはずの資料を廊下にばらまいたあとだった。

「うわっちゃーっ！」

ハイな気分のときは、失敗しても浮かれ気味。…いや、ホントは良くない態度だけど。

「すみません。大丈夫でしたか？」

廊下にしゃがんで資料を集めつつ、ぶつかってしまった被害者を見上げた瞬間。

「げげっ！」

と、世にも失礼な挨拶をしてしまった。

カツン、とヒールの踵を鳴らし、腕組みをしたまま倫章を見おろしている女王様・橘友梨が、柳眉を跳ね上げる。

やっぱり今日も某一流ブランドのスーツだ。一体何着持っているんだ。

「なにが、ゲ、よ。失礼ね」

「あ、すみませんっ」

足元に散らばっている資料を拾おうとすると、橘友梨のパンプスの下にも、一枚。

足をどけてくださいとすら言えないなんて、かなりの苦手意識だ。でも、彼女は真崎に惚れていて、その真崎が男とつき合っていると知らされたわけだから、彼女にとって倫章の存在は目障りでしかなく、憎んでも憎みきれない対象かもしれないわけで……。

「あの…」

上目遣いに女王様のご機嫌を伺うと、またしてもフンッと跳ね返された。

資料を踏みつけたまま、モデルのように美しい振る舞いで上体を折り曲げ、倫章の鼻先に顔をよせてきた。……あ、胸の谷間が色っぽい……とドキドキしたことは内緒だ。

橘友梨の大きな瞳が、品定めをするように倫章をじろじろと見る。

「あなた、真崎くんと一緒に暮らすことになったそうね」

「は、はい」

ゴクリ、と唾を呑みこんだ音は、恥ずかしいくらい大きかった。

「いいわよねえ。天下の二枚目を毎日朝晩、拝めるなんて」

「はははは、はぁ」

「真崎くんの寝顔も、独り占めしちゃうのよね、あなたが」

「はぁ」

「お風呂上がりのワイルドな彼も、毎日観賞できちゃうわけよね、あなたは」

「は…」

「仕事でもコンビを組みながら、プライベートでも彼を独占するわけよね。男のあ、な、た、が！」

「うぅっ」

返事に詰まった倫章を斜めに見下し、橘友梨が足元の一枚を拾い上げる。鼻先にそれをつきつけられ、「ども」と倫章は遠慮がちに受けとった。

橘友梨が身を起こし、胸を張る。彼女のアップから解放された倫章は、膝を払って緊張を紛らわせつつ、立ち上がった。

腰に手を当て、橘友梨が真正面から倫章を睨む。そして、ふぅ…と気怠げな息を吐いた。

「ま、男のアナタに真崎くんの魅力をいくら説明したところで、全然わかんないとは思うけど」

倫章はきょとんと目を丸くした。セリフの意味が、読み取れない。

さも残念でならないとばかりに、橘友梨が小ぶりな顎に指を添え、小さな溜息をいくつも漏らした。

「聞くところによると、奥さんへの慰謝料って、かなりの額になるんですって？」

「慰謝料…ですか？」

「支払いで首が回らなくなったから、親友のあなたを頼って居候《いそうろう》するだなんて、真崎くんも惨めな男になり下がったものよね」

「あの、それは一体どういう…」

「憧れより同情が先に立っちゃって、セックスする気も失せちゃったわ」

慰謝料？　親友を頼って居候？　それは一体なんの話だ？　倫章の頭の周りに、クエスチョンマークがいくつも飛び交う。

謎を残したまま、橘友梨がロングヘアを掻き上げ、さっさと話を片付けてしまった。

「ま、せいぜい生活切りつめて、コツコツ小銭を貯めてちょうだい。一日も早く奥様への支払いが終わることを祈ってるわ。あんな甲斐性《かいしょう》ナシ男を友達に持って、あなたも大変よね。同情しちゃうわ」

じゃあね～とネイルに彩られた指をヒラヒラ振って、橘友梨は颯爽《さっそう》と戦線から離脱した。

「…って、あの、えっ？」

てっきり、バレたんだと思っていたのに。

顎を外したまま、倫章はその場に十秒立ちつくし、十一秒目に激怒した。

真崎が橘友梨にすべてを打ち明けたと思ったからこそ、いやな役目をさせてしまったお詫びにと、傷心の真崎を労る慈愛のセリフをたっぷり捧げたり、優しく接したりしたわけであって……。

「あああああの野郎ぉおっ！」

両拳を固め、倫章は廊下をダッシュで駆け戻った。そしてマーケティング局に飛びこむやいなや、

「真崎ィ――――ッ！」

と声を叩きつけ、こちらを向いた美丈夫の頭を、手にした資料で横殴りにした。

倫章の剣幕に驚いて、社員全員がこちらを注目する。資料の束を顔面にぶつけられた真崎も、髪を乱したまま固まっている。

真崎の胸ぐらを摑んで吊り上げ、倫章はギャンギャン吠《ほ》えた。

「テメエ、この野郎！　よくも俺を騙《だま》しやがったなっ！」

横っ面に叩き込んでやろうと拳を構える倫章を、まぁまぁまぁ…と真崎が宥《なだ》める。ここではなんだからと乱雑な髪のまま微笑まれ、肩を抱かれて引きずられ、戦闘場所の移動を強要された。

マーケティング局を出たところで、倫章は渾身《こんしん》の力で真崎の腕を振りほどき、廊下の壁

に真崎をダンッと押しつけた。

事情はとうに察していたのだろう真崎が、悠々と両手を広げて降参のポーズをとっているのが憎らしい。

「そんなに怒るなよ、倫。可愛い顔が台無しだぜ？」

「こここここここの…っ！」

性懲りもなく言うか！

倫章は真崎の胸ぐらを掴んだ。こんなに怒り心頭なのに、廊下を行き交う皆々様が、「痴話ゲンカかい？　相変わらず仲いいね」と、ニコニコ笑って去るのが悔しい。

そうなんですよ、と呑気《のんき》に相づちを返す真崎に向かって犬歯を剥き、問いつめた。

「おい真崎！　どうしてお前、俺にはっきり言わなかったんだ！　橘さんのこと、わざと誤解を招くような言い方しやがって！」

「誤解したのはお前の勝手だ。同情したのもお前の勝手」

土曜の夜はごちそうさま…と小声で言われて、その場で顔から火を噴いた。

「キスして〜って自分からねだるお前も、なかなか色っぽかったぜ」

「そそ、そういうことを口にするなよっ！」

ヒワイな目つきでウインクされて、倫章は耳まで真っ赤になった。

「グリグリするのが好きなんだろう？　教えてくれて助かった」

「くく、くっそ〜っ！　俺のプライド返せッ」

拳をワナワナ震わせる倫章に、ふんぞり返って真崎が言う。

「まあそう怒るな。お前だけじゃない。俺だって、多大な代償を払ったんだ」

「代償？」

「ああ。天下の二枚目を、落ちぶれたバツイチと思い込ませた。このうえもない屈辱だ」

一気に脱力してしまった。コイツってば、天にも昇る高飛車野郎だ。

まだなにか言ってやろうと顔を上げたとき、強烈な視線をこめかみに感じて振り向くと、

「げっ！」

二メートルと離れていない地点に、女子社員さんたちが束になって集まっていた。まさか、話を聞いてたのか？　だとしたら一大事だ！　と焦燥しているのは倫章だけで、結末は、ごらんのとおり。

「ダメよ水澤くん！　傷心の真崎くんをいじめちゃ！」

「真崎さん、私たちがいつだって相談にのりますからっ」

「ねぇねぇ、今夜は気晴らしに呑みに行きましょうよ。私たちがおごりますから。ね？　真崎さん」

「そうしましょうよ、真崎先輩っ」

ひとり残らず真崎に対して同情的だ。どうやら橘友梨が、すっかりバラしてしまったら

しい……が。

落ちぶれたとの噂《うわさ》が流れてもなお、真崎の人気は衰えるどころか急上昇。恐るべしフェロモン全開男・真崎史彦二十七歳。世間を大混乱に陥れても、気に病む様子まったくナシ。

乱れた髪を手早く直し、真崎が女子社員たちの輪の中に進み入る。

「美女軍団の誘いを断るわけにはいかないいな。でも、飲み代は俺が持つよ。心配かけたお詫びだ」

「やだー、真崎くんったら」

「真崎先輩、かっこ良すぎですぅ！」

「と言うわけで、倫章。国松さんの酒の相手は、お前に任せた」

ポイッと弾き飛ばされた倫章は、たちまち蚊帳の外。

「大物だよ、お前は…」

女性たちの肩を抱いて燦然《さんぜん》と笑みを振りまく真崎の耳に、倫章の厭味は届かない。

それでも倫章は、ひとまず安堵の息を吐いた。ふたりの関係は結局誰にもバレなかったってことだから。

真崎を中心に楽しげに盛りあがる集団に苦笑しつつも、これから一体どうなることやら…と、倫章はこっそり肩を竦めた。

あとがき

こんにちは、綺月陣《きづきじん》です。こうしてあとがきでご挨拶させていただくのは、二年と半年ぶりでしょうか。久しぶりすぎて、自分の立ち位置がよくわかりません。生まれたての仔鹿の気分です。

あとがきって、一体なにを書けばいいのか。果たして文章になるのだろうかと不安ばかりが先走ります。と言いながら、五行目に辿り着きました。が、スタートからはや五分が経過。頭の回転遅すぎです。

せっかく四ページもいただいたので、倫章と真崎の誕生時のお話など、少し。

倫章と真崎。このふたりのキャラが初めて世に出たのは、一九九六年の十一月発売の雑誌でした。今回の発売予定は二〇一五年ですので……えぇと、十九年前？　ホントですか？　計算間違えていませんか？　…文字にすると恐ろしいほど昔でビックリ仰天。

この作品、もともとは投稿作だったのですが、当時の担当さんから確かこのような感想をいただいた覚えがあります。「最初から最後まで一カ所（披露宴会場）だけで通すなんて、小説として有り得ない」と。

要するに、「キャラをもっとあちこちへ動かしなさい」というアドバイスでした。落ち込みかけたところへ、「それでも最後まで読ませたのはエライ。面白かった」とおっしゃっていただき、雑誌掲載が決まりました。

その前号では「背徳のマリア」が雑誌掲載され、「こんな作品を商業誌に載せるな！」というご批判のお手紙を読者様から頂戴したばかりでしたので、正直、「小説として有り得ない」と指摘を受けた状況下での掲載には恐怖心しかありませんでした。また批判されるかも…、載せるなって言われるかも…と。

でも倫章と真崎は、ありがたいことに多くの読者様に受け入れていただきました。まだ書いていいんだ…と、ホッとしました。

シリーズとしてノベルズ化されたあと、他社様からも再ノベルズ化され、もう充分に頑張ったキャラだと思っていたところに、今回の文庫化が決定。大感激です。

「龍と竜」の最終巻以来、長文にはまったく触れていなかったので、原稿と向き合うことに対する戸惑いのほうが大きかったのは事実ですが、書けない間も連絡をくださり、様子を見ながらショートショートのお仕事などを発注し続けてくださった担当T様の気持ちが本当に嬉しくて、電話を切ったあと泣きました。絶対に頑張ります、と。

ただ、文庫化にあたり再読してみたところ、一気に血の気が引きました。浮かれていた気持ちなんて瞬殺です。

昔の文章、読みにくい×百。いえ、万単位。

自分が書いたものなのに、感情移入ができません。読んでいる途中で気持ちがブチブチ途切れます。「なにこれ、なにが言いたいの？」「この視点は誰？」などと文句を言いながら、それでも根性で目を通し、最後の最後に「これはダメだ」と本を閉じ、えらいことになった………と焦りまくって、しばらく脳内雲隠れしてしまったほどです。

　でも、今回の文庫化が、「いつも」シリーズ修正のラストチャンス。いま読んで、おかしいと思うのであれば直すしかない。納得のいく文章で出し直さないと、電子書籍で「これ」が半永久的に出回ってしまう。それだけは、なんとしても避けたい。

　そんなわけで、まず一人称をやめました。次に擬態語を減らし、余計なシーンをざっくり省いて、代わりに会話や感情の描写を加えました。場面転換をわかりやすくして、言葉も丁寧にして……など、手を入れていないページは一枚もないと言い切れるほど、修正に修正を重ねました。新婚旅行で倫章たちがベルギーやリールを行き来した列車も、既刊本の情報があまりに古かったため現在の時刻表や路線図を調べたうえで変更しました（ちなみに倫章の迷子ネタは、私の実話を元にしています／笑）。

　そのおかげで時系列の矛盾点にも気づき、なんと倫章は、誕生日が八月から十月に変わりました（笑）。いやもう本当に申し訳ないです。

　真崎は、相変わらずの高飛車野郎です。倫章は、やっぱり悶々と悩みまくっています。だけど少し、そして大きく深く幅広く、ブラッシュアップ出来たのではないかと思っています。既刊をご存じの方々にも、そのように感じていただければ、今回の大改正は成功かなと思うのです……が、いかがでしょうか。

　お力添えをくださるのは、周防佑未《すおうゆうみ》様。全五冊の予定ですので、かなりのイラスト枚数をお願いすることになります。大変な作業だと思うのですが快くお引き受けいただき、感無量です。本当にありがとうございます！

「いつも」シリーズは私にとって生まれて初めての単行本であり、出産直後の産院で受け取った本であり、初めてトーハンの上位（笑）に名を連ねた作品ですので、思い入れは格別です。この作品が、あのふたりが、また私をパソコンに向かわせてくれました。修正中、とても幸せな時間を過ごせました。真崎と倫章にまた会えて、本当によかった。

振り返るに人生とは、不思議な縁で結ばれているのですね。


倫章と真崎の「いつも」シリーズ。あと少しばかり続く予定です。

よろしかったらもう少しだけ、綺月陣と遊んでやってください。

また次回、お目にかかれますように。

二〇一四年十月吉日

久々に綺月陣の皮を被った、綺月陣

ガッシュ文庫

いつもそこには俺がいる
いつもお前に恋してる
いつも世間は大混戦
(2002年オークラ出版刊
『いつもそこには俺がいる』所収を大幅加筆修正)

綺月 陣先生・周防佑未先生へのご感想・ファンレターは
〒102-8405 東京都千代田区一番町29-6
(株)海王社 ガッシュ文庫編集部気付でお送り下さい。

いつもそこには俺《おれ》がいる
2015年5月10日初版第一刷発行

著　者　綺月　陣 [きづき　じん]
発行人　角谷　治
発行所　株式会社 海王社
〒102-8405　東京都千代田区一番町29-6
TEL.03(3222)5119(編集部)
TEL.03(3222)3744(出版営業部)
www.kaiohsha.com
印　刷　図書印刷株式会社

ISBN978-4-7964-0659-8

KAIOHSHA　ガッシュ文庫

祈り
INORI
綺月陣
Jin Kizuki
ILLUST
梨とりこ
Nashi
あの男に抱かれると解って、
帰せると思うのか
来栖薫は、憧れの大曽根麻薬取締官の元で仕事をすることになった。想像通り彼は仕事のできる紳士だった。そしていつしか二人は互いを意識し始める。しかしある日、薫の前に元恋人が現れて大曽根に誤解されてしまう。もう側にはいられない…。ヤクに侵された元恋人が関わる事件に気がついた薫は…？

KAIOHSHA　ガッシュ文庫

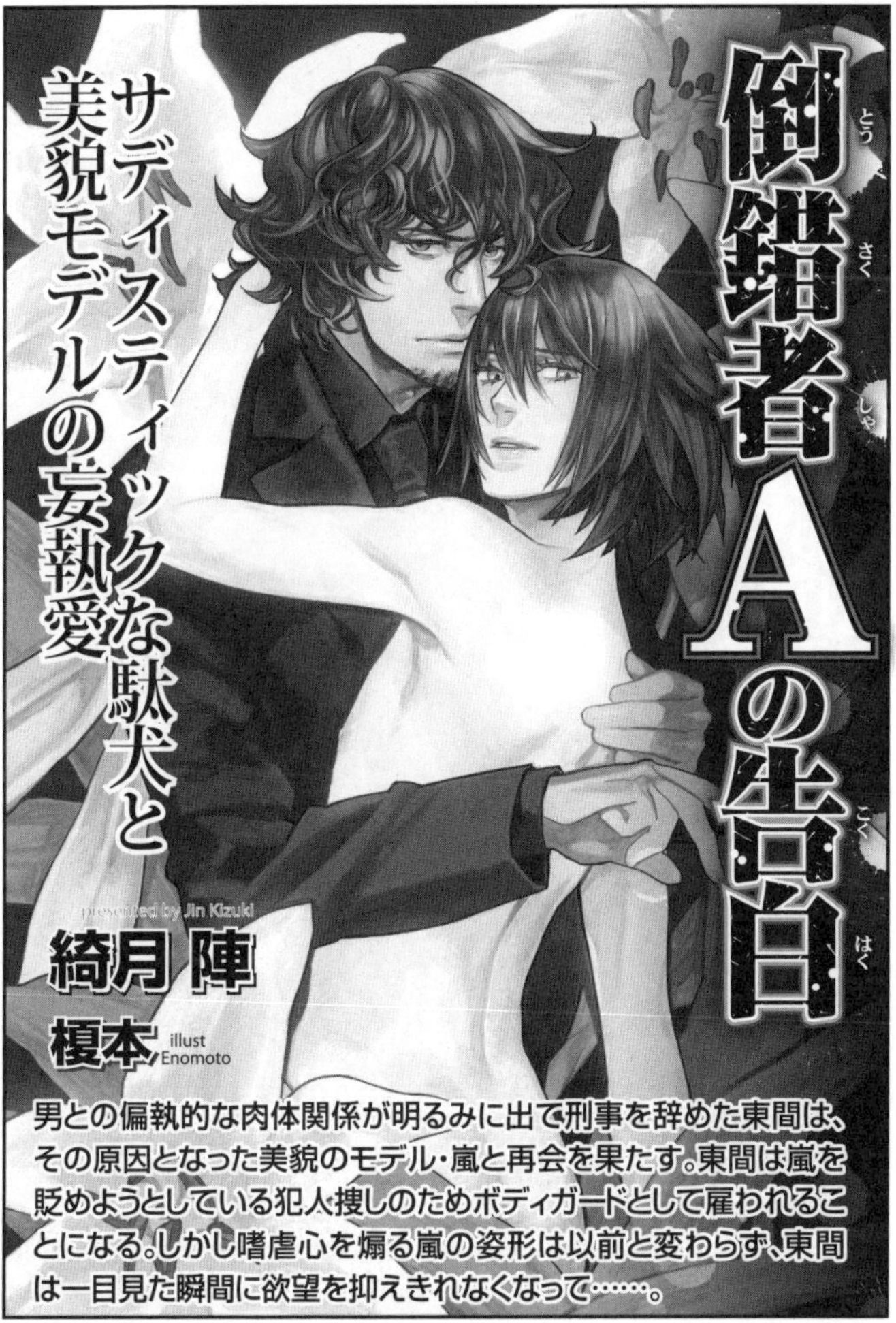

男との偏執的な肉体関係が明るみに出て刑事を辞めた東間は、その原因となった美貌のモデル・嵐と再会を果たす。東間は嵐を貶めようとしている犯人捜しのためボディガードとして雇われることになる。しかし嗜虐心を煽る嵐の姿形は以前と変わらず、東間は一目見た瞬間に欲望を抑えきれなくなって……。

KAIOHSHA　綺月 陣の本

龍と竜

イラスト／亜樹良のりかず

母親を亡くし、幼い弟と二人暮らしの竜城は生活のために掛け持ちでバイトをしている。昼のバイト先・カフェで知り合った常連客が市ノ瀬組幹部・龍一郎と知ったのは、夜のバイト先のホストクラブ。怪我をした竜城を自宅まで送ってくれたのがきっかけで石神と親しく付き合うようになり、心を奪われるのだが…。

龍と竜 ～白露～

イラスト／亜樹良のりかず

他人に頼るまいと、幼い弟を育てていた乙部竜城。彼はバイト先で市ノ瀬組幹部の龍一郎と出会う。極道ながら子供好きな龍一郎をいつしか愛するようになった竜城は彼と同棲を始めたが、組同士のいざこざで龍一郎の身に危険が迫る。極妻として生きると覚悟を決めたはずが、突然訪れた別離の予感に動揺が走り…!?

龍と竜 ～銀の鱗～

イラスト／亜樹良のりかず

母を亡くし、兄に育てられた寂しがりやの颯太は凛々しく美しい少年に成長した。颯太の義父の龍一郎は市ノ瀬組幹部。だから次期組長の次郎には子供の頃から可愛がって貰ってる。颯太の大好きな人だ。ある夜、颯太は兄・竜城と龍一郎のHシーンを目撃してしまう。驚いて家を出た颯太は次郎の家に転がりこんで…!?